目錄

說　明 5

分類一 7
分類二 23
分類三 97
分類四 163
分類五 183
分類六 265
分類七 279

説明

本書的內容來自2021年 6 月深水埗的一個展覽，來的人們留下自己的物件和文字，交換別人的物件。

輾轉數年。我們請來小畫家重新為物件繪圖，望這些漂流的瓶中書，能被更多同路人看見。

一切起始於一個問候：「這幾年，你過得如何？」有時，問候就等於一個擁抱。在黑暗中潛行，若知道身邊還有同路人，便可能有力量繼續前行。

本書中所有內容均無署名。在二O一九運動中，有付出了許多、犧牲了許多、改變了許多的人，始終默默無名。大道無名；無名者天地之始。本書志在向那些無名者致意，共同刻記平凡的生命中曾有過的光亮和痛苦。

書中文字曾稍作整理，修正錯字統一別字等；部分文字因手蹟難辨而以「X」代之。因安全理由，本書中部分文字以__代替，而香港人應該可以自行填充。

分類一

#001

來這裡的人，都是有心人。
前路艱難，希望留下來的人堅持初心，直到煲底相見。

呢包花生糖，苦的時候食1粒。
希望可以對你有一點療癒的作用

最佳食用日期：2021年6月26日。
本土　生隆餅家。

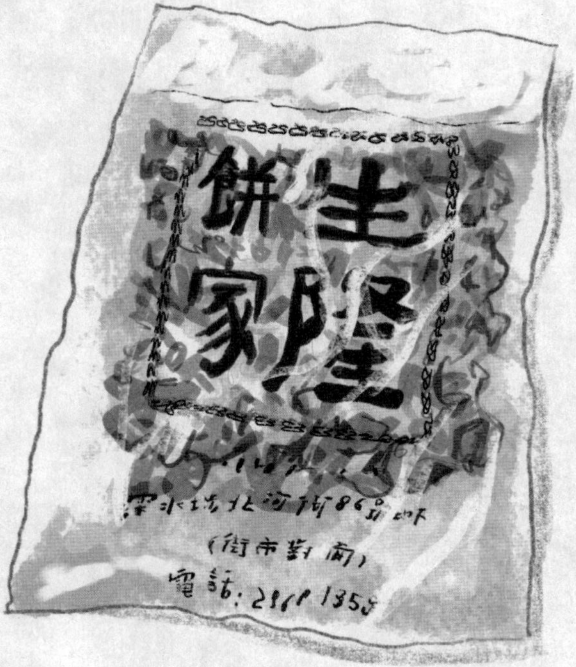

#002

香港人:

謹記上善若水，保持追求民主自由的熱火。
這一刻，黑暗與邪惡戰勝一仗略佔上風，
或許覺得無力，或許覺得無助。
但都唔緊要。停一停，飲啖水，冷靜下，
換個角度再次出發吧。

“They might won the battle, but not the war”

香港的情況已得到世界的關注，保持盼望，留著有用之身，正必能勝邪，香港必能重光。

堅守信念，勿忘初心，萬事小心，有生之年煲底見～

#003

樽內有以下幾樣東西：

1） 毋忘初心襟針

2） 榮光閃咭

3） 昨天12/6（兩週年）蘋果頭版版頁

這幾年繼續毋忘初心，可以出街就行出嚟，平時亦可以支持同路人，支持黃店，走過街站向同路人說聲鼓勵的說話， 繼續支持612基金……等等。

樽內榮光閃咭之歌詞是我每天之盼望及禱詞。這首我們香港人的歌，念記著我們大家一起走過的日子，激勵鼓舞著我們每一天生活的態度，毋忘初心，全力對抗勇氣智慧永不滅；黎明來到要 ＿＿ 這香港；祈求民主與自由萬世都不朽，我願榮光歸香港。

毋忘初心，繼續堅持，黑暗快過，黎明漸到，香港人加油！香港人平安！ ❖

#004

話長唔長話短唔短，已經剛過咗2021年嘅6月12日，希望所有手足仍然安好。該扔嘅都扔咗，該留下的仍然留下。現留下保溫杯一個，希望手足見杯飲水，見杯坐直。

「鬥命長 多出街 怪物來不必見怪」 頂住呀！ ✤

#005

我係一名中大學生。

2019年11月11日嗰個星期，我駐留喺中大裡面，11月12日的凌晨至早上，我正在通宵做Powerpoint，做完嗰陣係朝早7點，我睇咗TG，準備瞓覺。TG話有🐶入緊中大，我心諗：「哦」，跟住瞓咗。

再一次醒嘅時候，宿舍裡面全部人都勁黑面，成條走廊都係腳步聲，嗰陣可能係下晝，應該係下晝，我清楚地見到夏鼎基（運動場）冒出黑煙，有好多人喺運動場下面，我喺嗰一個鐘接收咗好多資訊，新聞、TG group、中大外朋友、老師的message，仲有自己嘅感官。嗰一下我個人好空白，可能係我好攰，可能係件事同我第一下反應好大落差，我渾渾噩噩咁樣stay到夜晚，我唔驚，但係我唔知點解，當時，瞓咗，我冇出去。

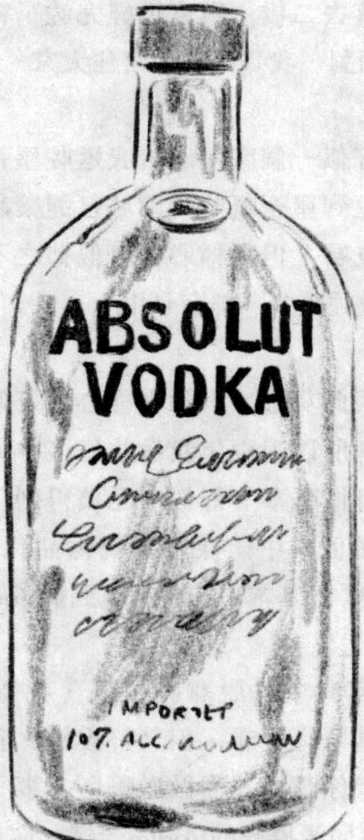

我到而家都好後悔或者話悔疚，跟住落嚟嗰幾晚，我遊蕩喺二橋之外嘅所有地方，守門、傳嘢、執垃圾，但我唔敢落去二橋，嗰度已經完咗，得返廢墟一片，但我唔敢面對，我覺得我對唔住大家。

呢種心情好似一個窿，之後我返咗屋企，嗰度好近理大，我喺返到屋企嘅時候圍城已經築起咗，我好想喺嗰刻做啲乜嘢，但呢種心情好似揮之不去，因為外面嘅人好似做咗幾多，都冇乜用。

其實我冇因此灰心，只係呢種心情好似拉遠咗我同中大嘅距離，所以呢兩年我做咗好多中大人先做、或者中大人成日做嘅事，好似咁先填得到「中大人」呢個空洞，飲酒係其中一樣，我嘅物品係一個Absolute Vodka 嘅樽。基本上，中大見到嘅Vodka 都係咁的。

我唔會形容我今日脱離咗抗爭，我覺得兩年後嘅今日……心情唔算複雜，但又好複雜，我覺得我要開始同自己或者你講：「你做過嘅所有事，都有佢嘅價值同意義，你同酒樽裡的Vodka一樣，你存在過。」

我係一個人，我存在過。 ❖

#006

親愛的手足：

兩年喇，唔知你地過得好嗎……每日睇住仆街__苦喺度秋後算帳，我就好嬲好痛心……點解要逼害啲只想為自由發聲嘅人們？其實我地又做錯啲咩呢？事隔兩年，每當下雨天、陰天、2019年發生事的日子，總會忍唔住落淚，痛心嘅感覺真係好似失戀咁，個心真係揦住痛，總會諗起2019年，大家捱著炎熱的天氣，所做過的事、所見證過的血與淚。當年的「勇」，真係有每次出去都被捕的心理準備，而眼見自2019至今，被捕的手足如此多，自己卻喺屋企涼緊冷氣，心入面對手足總有一絲愧疚。唔知睇信嘅你，係咪有同樣嘅感受呢？

呢支平平無奇嘅津路，對我嚟講，除咗係飲品，更係2019年我會隨身帶住的（加上方便買到），因為傳聞中，津路令到受胡椒噴霧及催淚彈沾上的皮膚，會得到一點舒緩（其實有生理鹽水，或水會更好，以

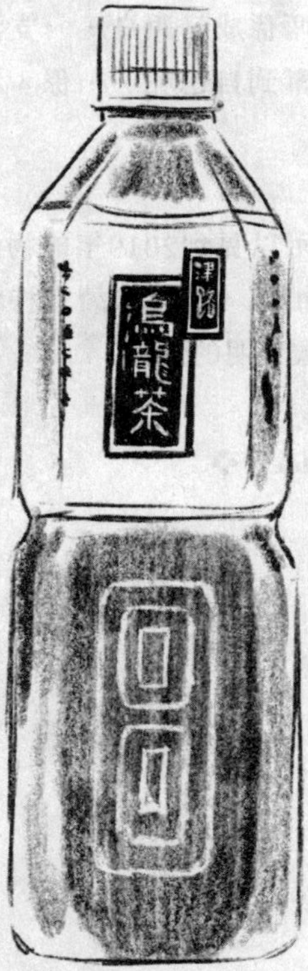

沖埋眼）。由於當時唔知何時何地班又發癲亂攻擊人，急救包又唔係成日跟身，一支津路代表住：可能幫到手足或者幫到自己呢……係，當時懷住呢種心情出街……

今日，希望你可以見到2019年的物品，街道、人物，都記得每日的憤怒，請你繼續保持憤怒，堅守正確、公義的事。靜候黎明的到來。

你好，我叫coffee ❖

#007

這幾年過得很不容易，身旁走到最前線的手足不是被拘捕了，就是逃到其他國家。這罐不斷提醒著我們不放棄，就算不能相見，但只要信念尚在，我們——香港人就繼續連繫住。而星星之火，可以燎原。我依舊深信住，繼續抗爭，繼續發聲，願不同崗位的我們都能夠堅持住，守護住真相，直到 __ __ 到香港，煲底再見，勿忘手足，勿忘初衷。

Be the change you wish to see in the world.

和你／妳抗爭很愉快

手足 ❖

分類二

#008

致 有緣人：

無力感與自我懷疑大概是這幾年來最揮之不去的感受。樂極時總會感到心虛，嘗試努力時亦總會感到迷失。無數個晚上的自我反省與無眠掙扎，想必也是來我的必經之修行。在風雨飄搖的世代，接觸佛學思想令我解脫了不少，同時亦教我在顛簸的前路上繼續昂首前行，在自己的崗位上努力，期待雨後春筍之來臨。明白未必人人都接受佛學的一套，但倘若此串佛珠能在你徬徨憂懼時帶給你一絲慰藉及內心平靜，助你在苦難中咬緊牙關，繼續走下去，也是項助緣，是你我的一點命運中的羈絆。

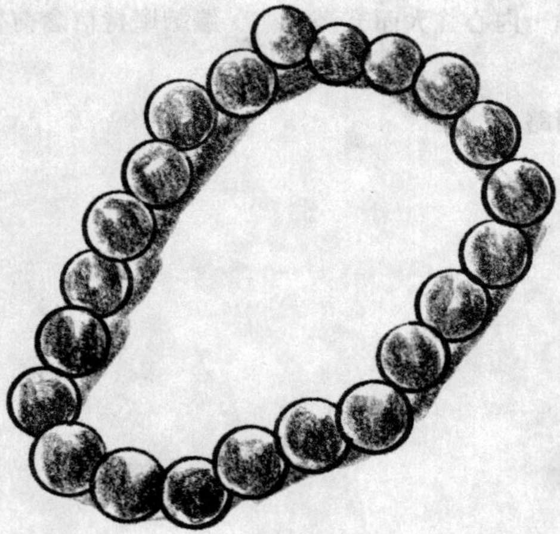

世界依然可怕，當__者依然張牙舞爪，但再多困苦，作為留下來的人，我們也需要承載著以往的記憶，勇敢走下去，才能有機會尋覓得一絲光芒。過往的傷疤難以平撫，故我們再前行時，難免也會隱隱作痛。所以，時刻謹記要留一點空間及寬容予自己。只有照顧好自己，再能說未來云云。

每當負面情緒來襲時，盼望這佛珠能讓你自強而不再畏懼，內心強大而充滿自信，繼續堅持信念前行。

~同路人 ❖

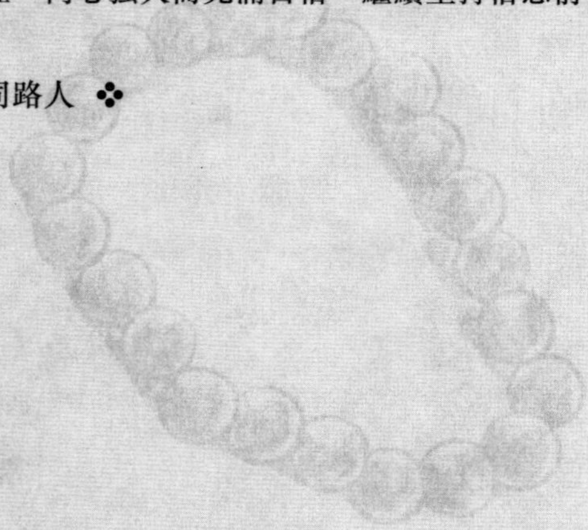

#009

「這幾年，你過得如何？」原來我哋已經開始咗兩年，回想起6.9第一次出去，心情係輕鬆的，而且見到大批同路人一齊出去，覺得原來有咁多人都有同樣嘅想法，感到放心，「民意咁大反應，政府應該會聽？」去到6.12再次出去，第一次感到恐懼和荒謬，而且原來威脅可以離我哋咁近。之後每一次出去，心情就更加的沉重，背包亦愈來愈沉重，希望帶更多嘅嘢去幫其他人同自己。兩年過去了，身份變了，但初心一直都沒有改變。當時因體力及其他顧慮所以大部份時間都係做後援及物資師，大部份物資都基本上足夠，通常最急要而又真係會缺嘅多數都係哮喘藥，唔知當時有幾多經過大家對手？今日帶咗一支嚟，希望大家無咩事都唔需要用。願平安。✤

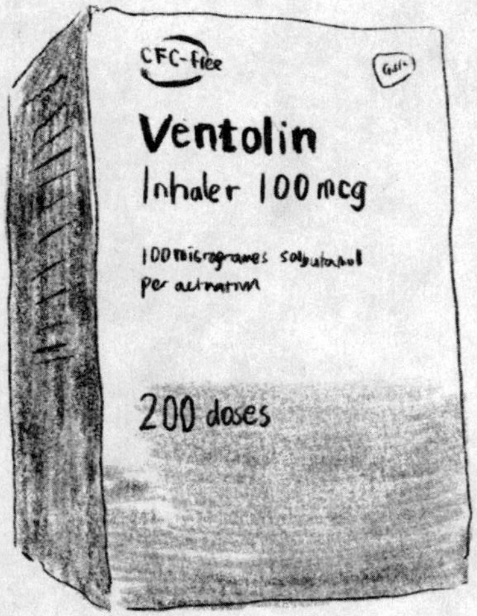

#010

呢幾年係過得唔開心，我只係有去最開頭嘅幾個遊行，仲要因為屋企人係藍嘅所以要出去著一套衫，遊行換黑衫，臨返屋企又要換返衫。當你父母一個藍到紅而且高壓到唔容許其他聲音，一個望住佢由每年參加六四到鬧示威者、做港豬、淨係信晒TVB嘅新聞唔會睇多幾個角度嘅時候，喺自己屋企係冇同路人，頭半年唔想同屋企人講任何野，生活上自己去黃店，揀舖頭買嘢都要被批評地單單打打。有時都會諗，咁辛苦為咗咩。但其實比喺前線為我哋抗爭嘅人來講，我只係做緊the bare minimum我無資格話辛苦。我仲有得做選擇嘅時候無數人受傷、被捕、監禁、甚至為大家犧牲，然後我就覺得好無力，點樣先可以做多一點支持佢哋。然後呢個就係呢兩年嚟堅持唔放棄嘅動力。做得就做。

我本來都好唔鍾意香港人（成日輸打贏要，去旅行地方成日見到香港人攞著數，好失禮，無禮貌）

但係呢兩年，我可以好驕傲同人講我係香港人，香港嘅年輕人係有希望，識思想/思考，有善心，識分對錯，識反抗。

唔係大家話係錯就轉軚，堅持自己相信嘅信念（何況根本冇錯！）

我好鍾意香港，更加鍾意而家嘅香港人！雖然好唔關事，但呢條手帶我當咗係紋身，佢係代表咗我一個好鍾意嘅偶像，一個無數次救咗我嘅希望。可能睇緊呢篇信嘅你覺得我好幼稚lol但佢哋已經佔咗我一半生命。

2007年鍾意佢哋，由一個8人組合變成7人

當我以為呢七人會一直一齊嘅時候，2018年走咗個主音，2019年，就喺抗爭嘅中間，又走咗一位。（唔係死咗，退團啫）

而家有五位成員。曾經我有諗過退坑唔做fans，但五個反而齊心咗，upgrade咗，反而更加離開唔到佢哋（笑）只要有希望，只要相信，信念唔會離開，and will always keep your heart warm.

我而家心口有個佢哋嘅紋身，已經唔需要條手帶記載住我嘅希望，但希望下一位可以保存我呢個儲咗14年嘅Power Spot（能量源）

Thanks for Reading ♡ ✤

#011

親愛嘅手足：

你好嗎？這幾年過成點呀？相信每一位香港人心裡面都唔會好受。特別係六月嘅時候，腦海會有好多回憶諗返起，或者係有時生活上經過一啲特別嘅地方總會有啲特別感覺。我生活上最近遇有一啲人嘅離別，好多時會諗如果當初我有做多少少嘢結果會唔會有所不同，當我同另一位手足咁講嘅時候，佢同我講「其實有好多嘢無如果，無得咁諗，而家只可以做的係好好珍惜現在，好好鍛煉自己，練好體能，相信總會有一天會有用！」我唔知手足您本身體能好唔好，如果唔好嘅話都唔緊要啊，就用呢個袋仔（定係應該叫腰包？）放電話、身分證同鎖匙去跑步啦！我體能本都不太好的，但係就練緊！每個星期都抽少少時間出嚟做下運動，我相信只要堅持一定唔會有成效的。手足您要加油啊，要一齊練好啲體能！凡事起頭難，但係只有堅持先會見到希望！記得您唔孤單的，因為有好

多手足陪緊大家！就好似個meme「I know that feel bro」咁！）

祝您在亂流下平安！仲有身體健康！

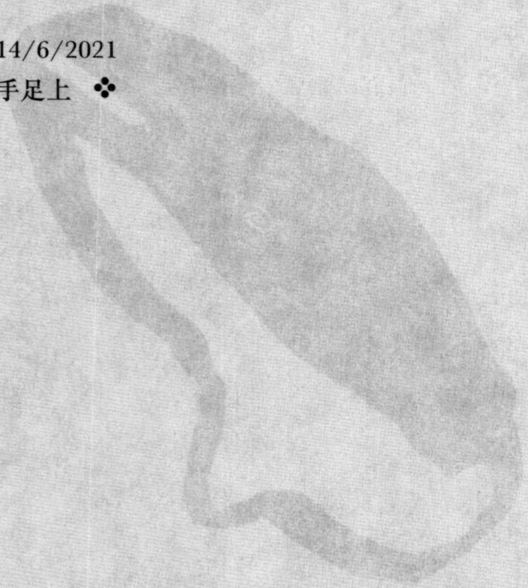

14/6/2021

手足上 ❖

#012

親愛的，這幾年，你過得如何？還好嗎？無論誰選擇了我的物品，我都衷心地祝福你一生平安，幸福快樂，繼續做世界的光。

真不相信我們一起走過了幾年，雖然我們互不認識，但我深信我們的信仰、堅守的價值一樣，一起同在。

在經歷2019年的所有事，是我人生的低潮期，因發生了一些恐怖的經歷，創傷性的事情，有一段時間我被創傷後遺症（PTSD）所折磨，修讀輔導及心理學的我，明白到自己的身體、心靈「生病了」，平常幫助很多個案的我，有一刻卻不懂怎樣幫助自己，唯有容許自己一直沉沒在陰影、創傷之中，被黑暗吞噬，那段時間沒有光的日子確實恐怖得很。我不想跟別人說及我的經歷，我也不懂如何開口，於是有一天，有人建議我不如用筆幫助你說出內心的事，我就從此擁有這一本簿，跟隨我的生活。有一段時間，我拾起了一支筆、這本簿和我

的即影即有相機，便外出開展我形容為「漂流」的生活。當下有甚麼感覺、想法便寫了下來，不喜歡可以隨意撕掉任何一頁。這本簿彷彿是我的世界，好像慢慢把我從那黑暗拉出，拾起自己的光，重新感受所有部份的自己，重新接受這個殘破不堪的自己。在這兩年，我想這是這件物品對我的意義吧。有時我也會翻看那本簿，那個屬於2019-2020年的自己，很私密，有時還覺得有點赤裸，但卻很真實。

對今天的我來說，這件物品提醒了我，接受每個部份的自己。我很害怕面對自己的創傷，不敢承認遍體鱗傷的自己，但當下的每一個我，是真實存在的，是可愛的（笑）。很抱歉我不能分享我在2019-2020年記錄的那本簿，我還未準備好把它們公開，但我購買了同款式的簿仔，希望這個物品能夠帶給你新的想法、意義。當你有些說話、想法，不懂得如何說出的時候，不妨記錄下來，也許你會在記錄的過程中，對這件事情有重新的看法和感受，重新了解自己。

最後，我們每個人都是世界的光，只要保持信仰，終有一天還是會亮起來的，終有一天，我們能成功________吧

E

2021.6.15 ❖

#013

你好，手足，喺呢兩年大家都好辛苦為自己捍衛香港，明白到大家的執著，辛苦你哋。當中有催淚彈、子彈等等陪著我哋呢兩年的記憶，歷史永遠都不會變，但我可以講，我喺呢兩年好辛苦，好心痛，因為有好多手足被popo__捕或者作出不公平的對待，所以我哋更加唔好放棄。雖然真係好難行，但係你唔係自己一個，我相信大家都係一樣，更希望可以除罩煲底見。呢兩年的確過得唔好，但係呢兩年經歷的事喺我腦海一一在目。曾經有諗過為你哋犧牲，因為真係好攰，唔想再行，每一日看到手足被捕，心情每一日都係一樣，所以我繼續走的原因係我唔係自己一個，而係仲有好多手足一齊行，多謝你哋。

呢件物品係對我來講有血有汗的頭巾，大家一齊去抗爭、示威等等，雖然唔係啲乜嘢，希望手足你啱用，這個頭巾的意義係希望你不再懼怕，等於手足陪著你行一樣。

感受係感覺好難受，因為真係好痛苦，所以今日嘅感受是好沉重。

手足，你並不孤單，煲底見，加油。

13.6.2021 ❖

#014

兩年下來，我與悲傷和恐懼一起走來。

我為過去每一天而悲痛，為新一天帶來的衝擊而恐懼。

我怕聽到地鐵緊急廣播的獨特噹噹聲，所以我很少再坐__鐵；

我怕新的智能監控ID card，所以我的銀包厚了，放著一張rfid block咭；

我怕在牆內的人感到孤單，所以我不停地寫信；

我怕錢不夠用，所以每月糧頭就X捐了，這兩年也沒有買甚麼身外物。

原來一路走來，我與恐懼共生，學習面對它，承認它，並與它相處。

我怕沒有人點光了，所以64很怕（其實是有點怕而已）仍死頂走出去。

讓我們把恐懼存在心中，和它好好共處，做自己應做的事，向共同的終極再踏前，一步步地踏前。 ✤

#015

Hello你揀咗嘅係一對海賊王嘅拖鞋。

我必須要澄清，我唔係海賊王fans，但係對拖鞋我點買返嚟嘅故事，我呢兩年都仲記得。

兩年前，場運動開始咗3個幾月，唔知點解班__佬好興去啲咩事都冇發生嘅屋苑度擺pose呃OT。記得就係佢哋第一次踩到去我屋企嗰頭，當時啱啱返到屋企，咁嗰邊要街坊吖嘛，梗係換咗衫先出去，咁我就拎咗一對好耐冇著嘅拖鞋落街，是對人字拖嚟，我著住慢跑咗兩步，佢竟然同我爛咗。嗰刻我真係冇諗過就咁返屋企，咁就隻腳好用力咁夾住隻爛咗嘅拖鞋行去最近賣鞋嘅地方，就XXX，入到就先發現拖鞋嚟講佢哋只係有同海賊王Crossover嘅款，咁冇辦法啦，我揀咗個款比較正常嘅買再去做街坊。

嗰日之後，住嗰邊又要做街坊，又或者有啲放映會之

類，我都係著住佢。呢啲活動令我認識到，或者唔算得上認識，只係一班互相認得容貌嘅同路人。呢班同路人嗰一兩個月喺XX區入面盡力做啲幫到場運動嘅嘢，直至有一次，佢哋衝咗入嚟拉走咗兩個細路。再之後班街坊就好耐冇再聚埋，可能係大家覺得同樣嘅事情已經變得危險。如是者，再之後見就係區選。再之後就係大家喺區內咁啱迎面而過，交換一下點頭。

本身個活動要求講埋呢兩年過得點，但係我不善言辭，我易變到好長氣，我就唔多講。

至於呢對拖鞋對我呢家有咩意義，就係一對陪我做過和理非、去過沙灘、泳池游水、落過街買餸嘅一對拖鞋。最近識咗班朋友，除咗本身令大家得以相識嘅嘢以外，我哋後來發現大家原來都好鍾意恥笑海賊王。幾十人入面可能得一兩個人欣賞佢。我咁講當然係因為我都唔鍾意One Piece啦，不過我呢刻諗到一個場面係成班船員喺手上畫叉，舉高話咁樣之後就認到邊個係真隊友，望返香港，而家嘅環境下表態再唔係咁易，我哋又有咩方法去知道身邊有同路人呢？點樣先可以喺大家都難以開口下發現自己唔孤單呢？呢刻嘅我好好彩咁認識到一班同路人做朋友，有需要都會圍吓爐。呢對拖鞋幾好著，希望你拎咗會記得最少仲有我呢個同路人，你著佢出街可能每個認真打量你嘅就係我呢個同路人，或者怕尷尬嘅話，不如睇吓六月頭一個星期五街上嘅燭光、手機等，第三個星期二街上著黑衫嘅或綁白絲帶嘅，你會發現同路人真係唔少，而大家都未忘記。點行落去我唔知，但我哋至少可以唔孤單咁行落去。即使方法好卑微，但我哋仍有發聲嘅空間。香港人，屌撚住。

16.06.2021 ❖

#016

兩年過去了，自從＿＿法通過之後都比較少上街了，日日都忙於工作，好似變返之前咁，但係當睇返2019年嘅新聞片，有時都會覺得好辛苦，好似抖唔到氣咁，不過仍然改變唔到我嘅初心，每日分享文宣提醒自己，只要一息尚存，無論如何都會抗爭到底！

呢對鞋帶係我第一次被捕入🐶屋時嘅其中一樣隨身物品，當初第一次除落嚟嘅時候係入臭格之前，而直至而家我返工都仲會著住，而且亦陪我參與過好多大小戰場，佢嘅意義就好似係每日都陪著我齊上齊落，無論任何時候都喺身邊同自己一齊努力努力走過每一個時刻。

今日係2021/6/16， 200萬+1嘅2週年，2年前嘅呢一日我好後悔自己出席唔到，而兩年零一日前係梁烈士過世嘅日子，佢帶著自己嘅信念走到呢一步，好希望大家都可以堅持落去，雖然我曾經都有諗過自殺，但堅持總好過逃避！ ✤

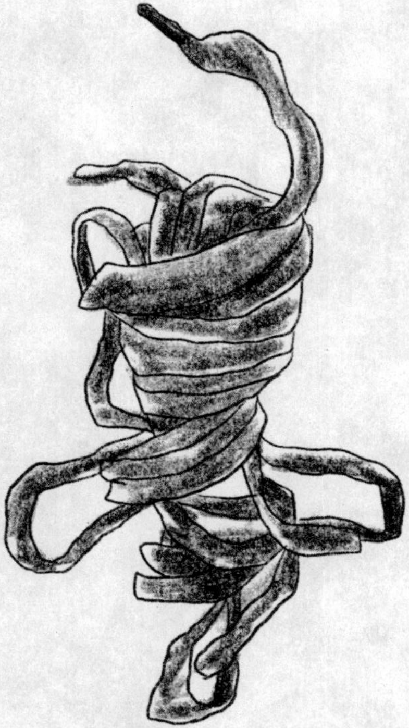

#017

親愛嘅陌生人

多謝你幫我接收咗呢份……可能會折福折壽嘅物品。自從721果斷地同白衫🐶分開後，都真係經歷咗一段好黑暗、好混沌嘅時期，對我來講，好多嘢都仍然用唔到文字去表述。呢幾年，我去咗好多露營，搵返自己興趣。買咗部電單車，覺得有咩事，去到邊……電單車好似好有用（同埋型囉）。仲痴線地去咗讀社工master，part time讀書讀到隻🐶（有人性嗰種）咁。比起好多人，我已經好幸福，生活如常，回歸每一日嘅生活，可能都係抗爭嘅方式，希望你都過得安好，盡早做啦。

呢件物件，可以將佢清潔好……如果可以將佢轉化做金錢，feel free

如果你有經濟壓力，可以解你燃眉之急，我會好開心。又或者，可以畀在囚手足有餐飽飯，有件乾淨衫着，又

或者用嚟支持報道真相嘅媒體，只要你覺得有意義，
就可以啦，我相信你。

希望你、我、大家嘅勇氣、智慧永不滅。照顧好身邊
嘅人，渡過黑暗。Thank You ！

Best,
Maria（我黃名）

PS. 我而家好幸福
PPS. 不忘
PPPS. Never forget. Never forgive. ❖

#018

同路人，

2019～2021，咁就2年了，老實呢2年過得一啲都唔好，無數個夜晚好似仲聽到街頭上嘅聲音咁。好似2019嘅初夏離自己好近咁，想盡辦法令自己唔好勾起生離死別嘅回憶，承擔住其他人嘅生命活下去係件痛苦事，但都係被時代選中，無可奈何嘅事。好似有啲沉重，但確實好難輕描淡寫呢場無止境嘅荒謬。

希望你無被呢個盒呃到，個機殼陪咗我2019同2020嘅夏天，本身想好好嚡住用佢，但你見到甩到一忽忽咁，本身係黑色都有灰灰地喺上面。佢跌過無數次，黐咗唔少灰同生理鹽水，入面仲有個身分證嘅卡印，佢真係陪我出去，陪我嘅喜與悲都有佢，但無奈承認佢係我其中一件令我會勾起呢啲回憶嘅物件，本身好猶豫用唔用佢參加呢個「交換火花」，但我諗手機作為呢2年無可或缺嘅存在，咁呢個機殼應該就係最有誠意嘅一件物品了。

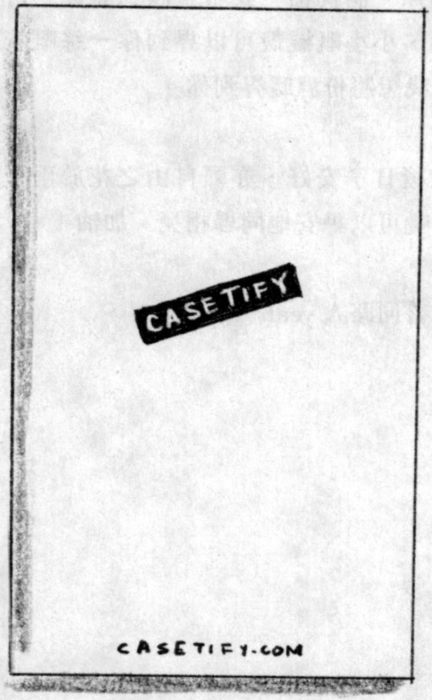

認真講句，個機殼陪咗我咁短時間，但係我暫時最痛苦嘅一段時間，看似將件承載痛苦回憶拎去交換，實情佢都係一個祝福，我希望收到嘅你，可以有你應有嘅陪伴，小小嘅機殼可以畀到你一絲嘅安慰，作為同路人嘅我想將份溫暖畀到你。

願你往後日子安好，亦願自由之花於雨後盛放，期望當日我哋可以平安地同場相見。加油！😀🤍

人美心善同路人 yeah ❖

#019

香港人，

過得如何？很差、很痛、好無力、好嬲、覺得自己好冇用、好懦弱。最近開始會減少睇新聞，並非唔想知，而係睇完太嬲太無力，寧願唔睇。

呢件物品對我的意義。其實佢只係我買咗好多年嘅掛袋公仔，因為太靚唔捨得用，變咗擺設。

今天呢件物品的感受：今朝見到呢隻嘢就知係要攞佢。呢兩年好多人鍾意用連豬公仔代表香港人（港豬？）呢隻豬經過2014、2019改變咗好多，已經進化咗。我今天攞嚟嘅係一隻用不同顏色布織成嘅豬。呢D不同顏色嘅布好似萬國旗一樣，好似代表緊香港人散落在世界不同的地方。（儘管有人萬般不捨地離開……）雖然係好無奈，但我感覺呢隻公仔好能夠代表到現時香港人的處境，而可能未來有一天我亦會選擇離開。但我真係希望有一天我們能再在這個家一同生活。總有一天……我們會勝利，重回這個家的。 ✤

#020

致親愛嘅手足

喺呢兩年一啲都唔容易過。一直都唔敢回望返呢兩年嘅日子。直到今日都係，每日都唔敢睇新聞，見到任何關於呢場未完嘅事就會好唔開心，相信你同我都一樣。

但係我今次呢件物品嘅主題係「希望」。2016年睇過一段文字到今時今日都好深刻，「我們每一個人都身處於溝渠之中，但總有一群人會看著星空。」——梁天琦

當每次無力感好強烈嘅時候都會回想返起呢句說話，無錯，今時今日真係好撚鳩柒黑暗。但係一定要保持希望先能夠令呢場 ＿＿ 成功。 ＿＿ 係由血同汗經過好多年時間去灌溉，然後成功。希望呢個燈能夠令你喺溝渠之中望到星空中嘅希望。

我哋香港人係命運共同體嘅一部份。命運令我哋要同甘共苦，一切要去面對時間嘅鴻溝。任何香港人受苦都等

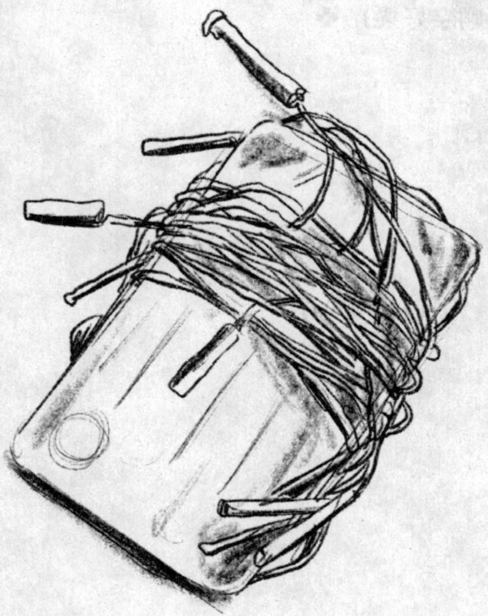

同我受緊苦。所以承諾我一定要生活安好。

我愛你手足，I love you ♥
（sorry啲字好柒）✤

#021

這幾年說真的過得非常差，當一個明白世界是有多差的人是痛苦的。不過回想這幾年，有很多很多的情感湧現：感動、憤怒、仇恨、愛、歸屬感、絕望、勇氣、理解、傷心、迷失……豐富的情感促使這幾年的記憶在心中特別的深刻和清晰。我在兩年前還是一個只愛看文學作品的離地，自以為是的港豬，至今已是一個每天看新聞多於看IG的人。你說這是好事還是壞事？我現在可告訴你是好事吧，當一輩子的港豬應該沒比當一個痛苦的人來得有意義吧。所以雖然痛苦，得到這封信的你相信這輩子活得也算是有意義了。請加油，活著的人就去努力完成活著可做的事情吧。

這個書籤是我在六年前一次買書時得到的贈品（哦，原來都六年了），它陪我一起「看書」看了好多年。以前的我就只選文學書來閱讀，例如《大裂》、《酒徒》這些看似沉醉於自己所謂頹廢之感的書中。兩年前起，我再看不下這些了，轉看政治書、科學書、哲學書。人生

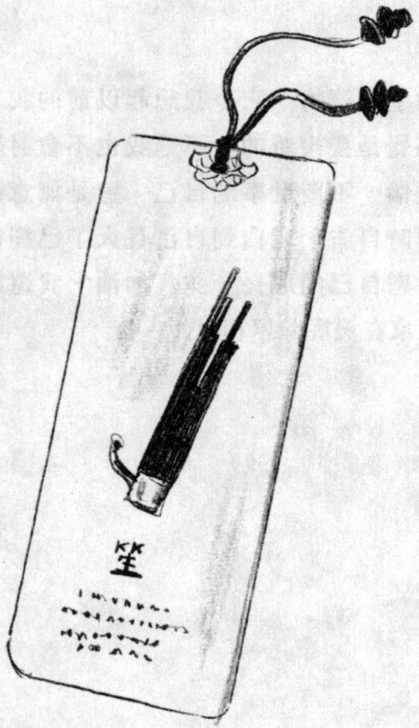

再也不一樣了，運動令我對世界的眼界打開了，不再是自娛自嘆的。運動的影響對我而言是多元的，痛苦但有意義。

今天的拿著這物，它令我想起以前的我，和改變了的我，感覺是蠻複雜的。不過我也不會討厭或羨慕以前那沒煩惱，不問世事的自己，這是無意義的。活在當下，適時自省，明白到自己長大了已經很滿足。請你也要欣慰自己的成長，並且加油，我還期望一天可與你和大家在煲底除罩相見！ ❖

#022

兩年了，你過得如何？充滿憤怒？充滿恐懼？充滿灰心？失望？無力感重？係呀……全部都有，我相信你都係的，手足。

我諗呢兩年「堅持」同埋「嘗試」呢兩個詞係我最想實踐到嘅詞，寫出嚟可能好多人都識，但原來要真正做到真係唔容易

相反「放棄」可能比較難寫？但做容乜易

我希望我可以堅持？或者可以？無得唔得唔可以，唔堅持就咩都唔得，我淨係知呢樣 🥺

「香港」可能好多人認為已經無得救，做咩都冇用，或者呢一刻無力感好重，可能好失落，好多好多感受……但我相信你、我、甚至仲有好多人都並未放棄，希望你願意同我同其他人一齊努力，堅持落去。有冇見到旁邊

支膠水？（我唔係玩你畀個爛「香港」你）或者呢個「香港」呢刻真係有好多缺陷，好多傷痕……但請你不要放棄呢個「香港」

佢（UHU膠水）或者未必有用，甚至黐完又會再爛，但請你不要忘記，放棄，甚至離開，憎恨「佢」。

你仲有好多可以嘗試，你做咗未

希望有日我哋街頭上重見

除低面罩喺煲底下相見

不要看小你一個人力量，加油手足 🤍

香港人

17-6-2021
請原諒我字醜

#023

呢幾年裡面，每一個香港人生活都唔知為咗乜，睇住沒有良知嘅、狼心🐶肺嘅，沒有勇氣說出口。心中只能講句Fuck。啲沒有道義嘅一群，不斷打壓，屈得就屈。但係我可以好肯定，有良知嘅一群，不會下跪，只會向不義說不。

呢本集子，可以話係兩年內，我唯一嘅對不公義嘅直抒，有放喺不同嘅傳播媒介，IG同臉書。希望可以將一個個中立嘅一群，改變佢哋唔再做港豬。只要仲有一口氣，我知道無一個真香港人會真正認輸。

我只係一個膽小如鼠的無膽鬼，但我知道咩係對錯，所以幾驚都冇計。做First Aid都做唔好，只能以文載道，有時都自己感覺好廢。連我集子好廢嘅a仔，只要有黑白良知，就一定有你嘅道路發揮。

「真」香港人，加油 ❖

#024

To 香港人

Hello，你好啊。呢幾年你過成點啊？好似問緊廢話咁。反送__運動走過幾年了，所有事好似仲經歷緊咁，好多畫面有時仲會在腦海中一一浮現……無力感真係好重。再加上，身邊有朋友踢保再被捕，初選47人還押，64集會被禁……我真係唔知自己做到啲乜先可以改變到。不過，我相信嘅係有人就會有燈，我哋唔放棄就會見到黎明。

講吓呢三件物件對我嚟講的意義吧…… 第一 —— 生理鹽水。可能你會覺得「頂！來來去去都係嗰啲嘢啦！」係啊！就係你諗嗰啲。咁話說我612之前真係超級無敵大港豬來的。咁我係人去我去嘅心態去612集會，嗰日亦都係我人生第一次食TG，好刺鼻，有眼水……當時地鐵站有人畀咗支生理鹽水（真的很有愛🩶）記得嗰時好多tg group都有話金鐘/灣仔嗰邊缺啲乜物資，果

日返到屋企附近唯一搵到的只有生理鹽水（原諒我當晚無陪住大家），買物資嘅時候見到有個姐姐個袋有其他物資，就順便叫佢幫我帶過去……亦都係因為612呢日我開始了解呢個 __ 權的腐臭；但同時亦感受到香港人的獅子山下精神。612之後，我書包長期都keep住2-3支生理鹽水，期待收拾走的當天亦是我們煲底相見之日。

到第二件物件——一封沒有文字的信。隨著身邊朋友審訊、罪成、還柙候判，寫信就成了我呢兩年的日常，或者這幾年間我會問自己，我仲可以做啲乜……到寫信畀朋友之後，談及原來牆內手足好怕我哋忘記佢哋，所以同佢哋做筆友可以陪佢哋解悶之餘仲可以被佢哋知道我哋冇忘記佢哋。我希望送呢個信封同信紙畀你，一齊踏出第一步，直至和他們牆外相見……

第三件物件——零食。上一段講到我寫信畀朋友，而我個人好鍾意一路寫信一路食零食。有時無力感好重，失望，傷心……總之有負面情緒就食零食啦，係唔錯的解壓方法來的。但願呢盒零食都可以陪你走過低潮期。

「這故事第一章、正暑天……」

香港人，頂撚住！

願我們都能看見民主自由的社會

暖心同路人

幾年了，堅持喔 ❖

#025

我們遍體鱗傷，不知道你/妳是誰，可是痛的時候就希望能為你/妳緩一緩吧！

想不到和大家一起走過幾年，2019.6.9那天剛好我在外國Exchange，沒能和大家走在一起，真的很抱歉。每天只能守著直播分享資訊，612那天我們一整群香港學生各自拿著手機看著煙霧瀰漫的現場，那時空氣只剩下我們抽泣的聲音。616我們5個香港女生鼓起勇氣拿著拾來的紙皮走上愛丁堡的街上，向當地人分享香港的事情，人生路不熟，真的很害怕，可是是我們當時只能做做到的。每天放學跑街上，短短4天，我們由5個人變成一百多個人，各自帶著不同自製的文宣，一起為香港走在一起。想回去還是覺得這件事情真的很神奇，大概是「我哋真的好撚鍾意香港」，無論走到哪裡，無論時隔多久，還是有人和大家一起同行的！

雖然還是會對那段時光感到害怕，還是不能忘記71在

煲底大家很害怕還是鼓起勇氣為互相為煲底的同伴留下的心情，那段時光給我勇氣給我力量的手足，真的很感謝你們。從來都不知道你們的樣子，你們的背景，你們還過得好嗎？那時沒能向給我鼓勵給我幫助的你/妳說的謝謝，雖然遲了2年，還是想跟你/妳說一聲「謝謝！」 ❖

#026

呢件物品可能對任何人來說再也普通不過……

於2019年的某天出現了變化，它變得不平凡，因它記錄了…… 這一切一切……

「呀！～我隻眼呀！ ……」被催淚彈煙到流下的淚水

走過半條地鐵線距離的路留下的汗水

因保護我們/跌倒/受傷所流下的血滴

全因為它，我們暫抹乾淨，一齊再繼續走下去

PLEASE STAY SAFE & WALK TOGETHER! ✤

#027

1. 呢兩年平淡之中帶點不安，不安嘅情緒是來自對未來嘅不確定性，以及每天被不同新聞的轟炸。每當聽到有同路人被捕或被告，內心都唔好受，但同時間，自己亦幫唔到咩忙，嗰種無助感令人好厭倦。兩年，一直希望有曙光嘅一日，奈何每次都係絕望，仲要一次比一次絕望，但同時間，亦都知道很多手足都係默默喺度靜候一個機會。香港人嘅能屈能伸，獅子山精神，令我相信我哋係有將來的！香港人，加油！

2. 呢兩年，被武搞到一鑊粥，呢件物品亦跟咗我兩年，兩年間，有佢有我，同樣地我希望大家喺呢兩年保持身體健康，我哋而家只係靜待一個機會，趁呢段時間休養生息。

3.兩年，呢樣嘢對我嚟講係好朋友，佢幫助我消毒，就好似好多手足咁，為大家做咗好多嘢，即使係最微小的東西，都有佢自己嘅意義，力量係積少成多，聚沙成塔。香港人，千祈唔好放棄！ ✤

#028

3年前的今天，人們還是時常掛著回大陸按摩、打邊爐。

2年前的今天，人們選擇了放棄了安逸的生活，上街食催淚彈。

1年前的今天，人們再次站出來，為的就是希望推倒惡法中的惡法。

這年的今天，人們好像消失了，有的走了，有的繼續吃喝玩樂，有的還想過著以前的生活。但依然有一群人還對這暴__作出無聲的抵抗。多謝這一群人。時代變了，人心變了。記憶卻永遠在心中。總有一天，希望還是會來臨的。 ❖

#029

你好！今日你收到這份禮物，是我由2014年起，在夏愨道收到的一份吊飾，從一位老婆婆手中接過，到現在我還記得他送給我的一番說話，她說：

「或許到我這樣的年齡走也走不到，亦無力再向前行，但我可以做的是，將自製的絲帶，送給你們年輕人，希望你們明白到，你並不孤單，尚有人跟你們同行。希望其他人見到這個用皮革做的絲帶，能夠記得前人的努力，並提醒自己要努力，不要白費別人的犧牲！皮革的特性，就是經歷愈多所反映的顏色和質感就愈好，做人亦如是，經歷挫敗後，會進步，會蛻變，成為一個更好的人去貢獻返香港。」 ❖

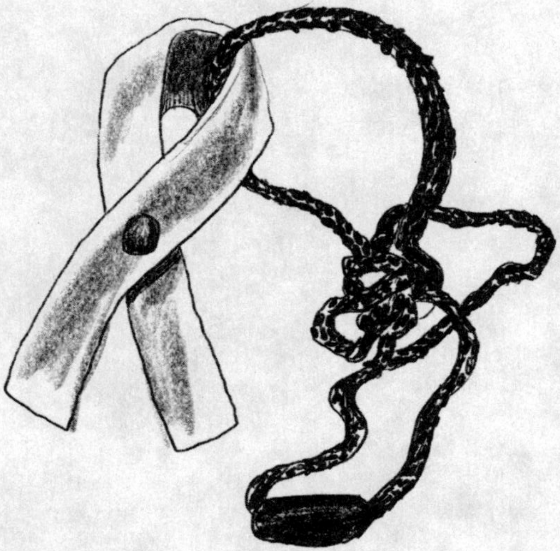

#030

Fight and you may die.
Run, and you may live.
At least a while…
And dying in your beds,
many years from now
would you be willing to trade all the days
from this day to that for one chance.

JUST ONE CHANCE

to come back here and tell our enemies
that they may take our lives,
but they will never take our
FREEDOM!

~ William Wallace

Fight for freedom, stand with Hong Kong. ✣

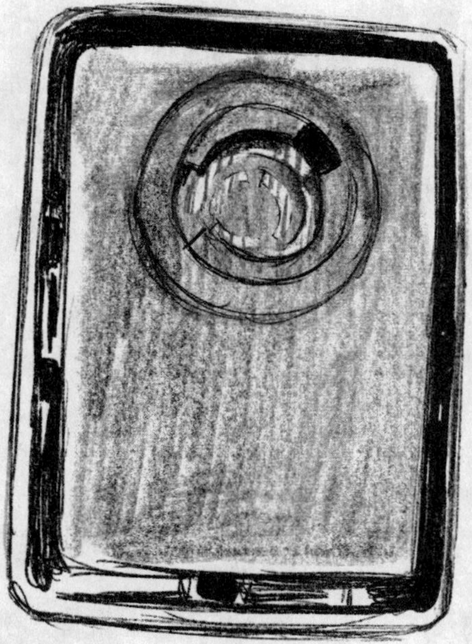

#031

這幾年每一刻都唔想回望過去發生的事情，每一刻好似見到希望，但又好快幻滅。見到一班係為香港付出而站在前線的青年人，一直都覺得自己未有為佢哋付出，令到佢哋現在去面對佢哋唔應該面對嘅事。現在見到依然有一班係繼續為香港付出的年輕人，我這一刻可以做就是繼續抱著信念，支持佢哋。唔係因為見到希望才堅持，而是只有大家繼續堅持才見到希望。這一條毛巾對於其他人有冇意義我唔知，但見到佢時，提醒自己要有信念。

K.C.

13.6.21 ❖

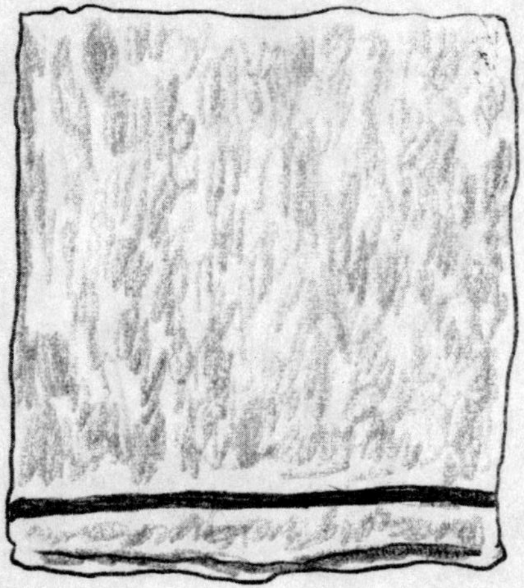

#032

生活太苦，但還希望能夠給你一點甜、一點勇氣。堅持下去！

一隻熊沒甚麼特別，但每看到它傻傻的不知不覺就會開心起來，希望你看到也是

～它陪了我6年，但我長大了便自然不需要～

我想信，雨後總會有晴天，只要我們一起堅持下去，那夢想中的香港總會來到。我真的很希望終有一天香港會沒有林鄭、沒有中＿、沒有中國的大孖水貨客。以往發生的種種，我就不花太多筆墨寫了。因為我怕那傷心痛苦的事我寫著寫著就會哭了。也實在是太多寫也寫不完。我只希望以我微少的努力為你這位同路人一點支持，大家一起再支持多一會吧！晴天真的很快要來。你看，現在我們受到的各種打壓，其實就足以證明了我們的堅持、勇氣真的令那班「賣港賊」怕了。他怕我們團

結起來推到他們。團結就是我們最大的武器。

無論你現在面對甚麼難關，也希望你記得你並不孤單。有需要的一定要尋求協助，沒有人會怪責你的。每一位手足我也很想給你一個擁抱。❖

#033

我是一個基督徒

沒有太多可以做

只是每次行動中

不斷的為你們禱告

平安一個都不能少 ❖

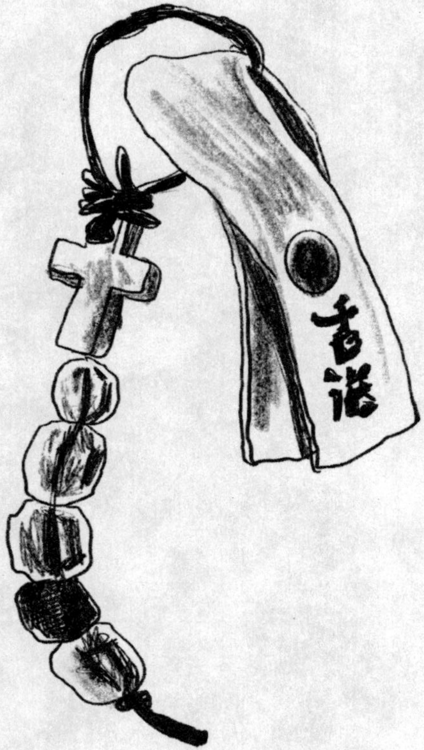

#034

這幾年來，看到香港每天都不斷出現荒謬嘅新聞，出現共 __ __ 的光明正大的滲入，出現不斷濫__嘅政府，出現法律無比黑暗嘅判決，出現已經在不會聆聽訴求的中國香港，我係覺得無奈、心酸、愧疚，為現時嘅香港，但我又唔想遺忘我哋之前嘅努力。香港人已犧牲太多，香港人，法律公義，香港政府。呢幾年或之後我已盡自己努力去記低所有嘢，因為先可以傳遞落去，將未成功嘅事傳遞到也許有一日成功咗。做的事再微小，也必有其力量和意義。

DARKEST BEFORE DAWN 再黑暗也會迎來光明

呢句嘢已經成為我的黎明點，可以期盼，亦有力量嘅一句嘢。儘管不知道自己可唔可以睇到，但成功只需要時間，香港人可以等，不管喺邊。

2021.6.13 ✤

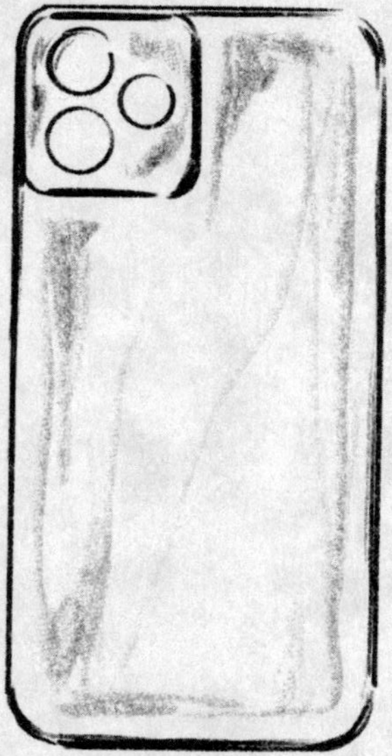

#035

我們曾忍著聲音

被壓著聲音

但發生過的

會長留心裡

不忘。❖

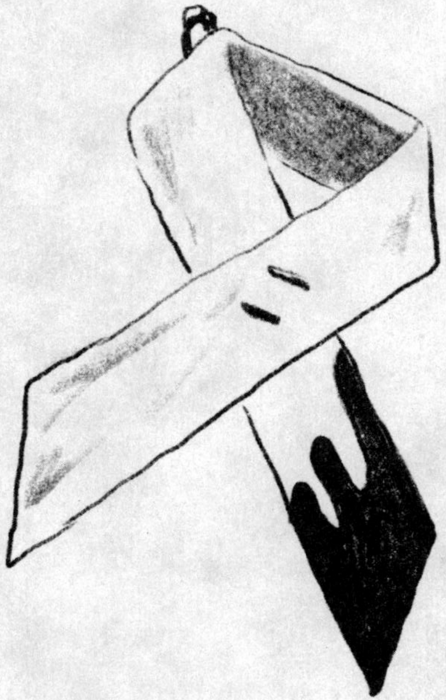

#036

兩年的傷痛、絕望、聚散，成就了今天的我們。或許我們再沒有發夢、發聲的機會，但我相信真正的香港人必定可以絕處逢生，黎明前的黑暗係至撚黑暗，希望有一日我哋會見到光明。屋企嘅豬嘴已經封塵，唔知幾時再會同佢上返60926，所以某日就去買咗個3D print cover，最少可以當口罩用，眼見身邊嘅人已經開始習慣，灰心到極，但我依然相信我可以堅持做好自己嗰part，旁聽、寫信、retweet……雖然自己經常考慮自己應去定留，但每一次收到手足消息，都會感到自己係屬於呢個地方，雖然無力感極重，但係感謝身邊總有一個明白我，互相支持嘅人，喺呢個時代，或許已經係一件非常奢侈嘅事。

————，————。❖

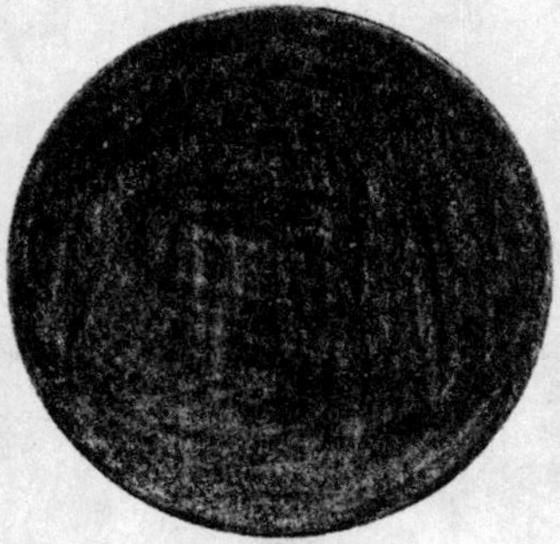

#037

STAND AND FIGHT

去年夏天，我穿著這件黑色tee，在街頭上擺了無數個街站，為的是宣傳民主派35+初選，而當時的老闆，現在正還柙中……

曾經那麼不喜歡泛民，就算成為了「立法會議員助理」，也是在收工後屌泛民的不是，但如今，還能恨得落嗎？他們也有自己的家庭，有些年紀也不細了，牆內的生活一定不好受。

我支持本土派，但曾經身為泛民議助，曾經為香港民主之路付出過，我也感到榮幸。

P.S. 這件tee已洗過了。

#038

To：一直都冇放棄嘅香港人

Hello，手足！

唔知你呢兩年過成點呢？你都係好似2019年咁保持憤怒？好似2019年咁都係好憎個 __ 權？或者都一直都堅持住，唔食藍店，唔會屈服，唔會被on9政__打沉，一直都會堅持住，等到香港黎明嚟到嗰一日？如果你都keep住撐住，冇放棄過嘅，我都好想好想同你講，我同你都一樣，我都冇放棄，亦都冇打算放棄。呢幾年話長唔長，話短唔短，但我都要承認，自己比起2019年嗰陣，都好似麻木咗，冇兩年前咁豁出去，不過，我從來都冇忘記，__權到底有幾咁黑暗，我由頭到尾，都好撚鍾意香港，冇諗過放棄香港，我都會堅持緊。

我帶呢張「濁水漂流」嘅戲飛嘅原因係，戲入面有好多句説話都好正，其中一句令我最深刻係「政府做錯事

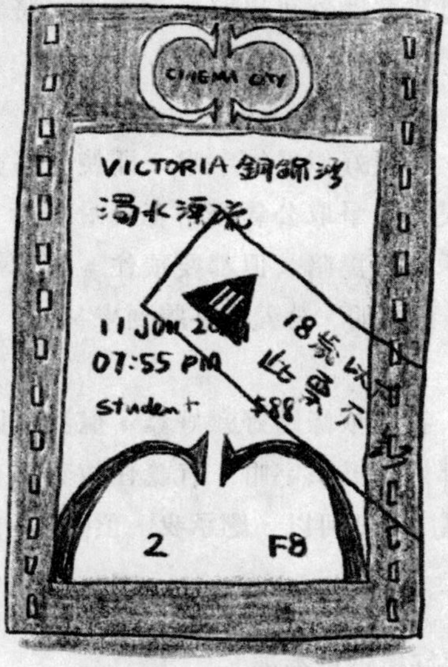

就要道歉」，係，__府、政__做錯嘢唔係得過且過，唔認數就得，而戲入面一開頭班🐼勁惡嗰個畫面都令我諗起，__權過大嘅情況，理虧嘅係 __ __，唔係禁我哋聲，打壓我哋就可以將事實淹沒，將事實永遠咁埋沒。

香港人，都要好似吳鎮宇咁，即使條路有幾艱難，即使爭取民主、爭取公義嘅路有幾咁難行，即使黎明前嘅黑夜係好撚黑暗，但都要頂住，然後等到黎明來到嘅一刻。而黎明、公義都終將到來。

香港人，我知依條路好難好難，但我想同你講，仲有好多人都好似吳鎮宇咁，冇諗住放棄，冇諗住離開，可唔可以，可唔可以，應承我，頂撚住。
加油，__ __ __ __，__ __ __ __。

我哋真係好撚鍾意香港。

2021.6.14

hoeng1 gong2

香港人上 ❖

#039

1. 不好，但不後悔。
2. 不能麻木，釋放政治犯。
3. 就算失望，不能絕望。 ❖

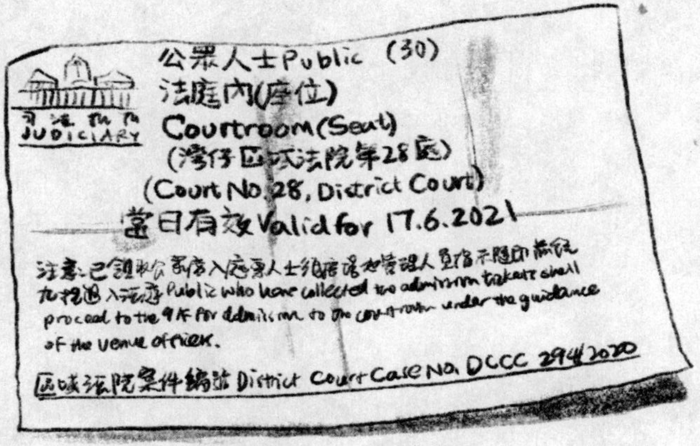

#040

交換花火

呢幾年，過得好複雜，好掙扎，又好充實

對我來講，係略盡少許綿力，因為2019個囝仲細，老公只能睇住live，一邊憂心一失眠。

也是略盡綿力，各人盡其責任及擅長之處，我覺得一定有作用。村上春樹講過類似咁嘅嘢：「雖然你哋所做嘅好似暫時睇唔到成效，但確實做了，是不能否認及消失，依啲嘢係世上會keep住有其影響力。」 ❖

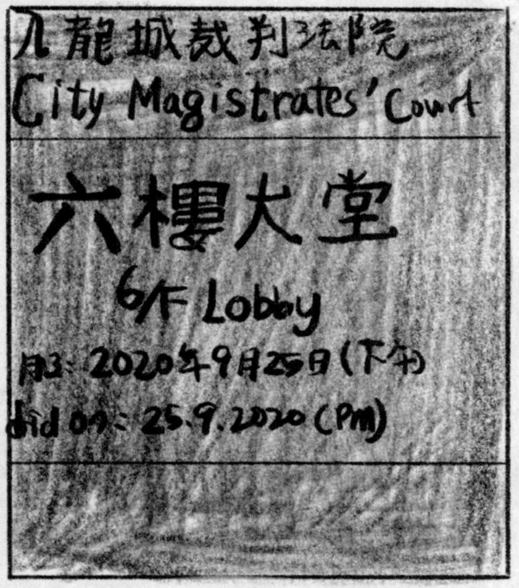

#041

這幾年，很感恩我過得不錯。

每年暑假我都會由英國飛回香港過暑假。2019年都不例外。反修例運動的暑假，我當然感覺最深刻。

兩年後，我完成學士學位回港發展，做這個決定一點也不容易。我決定回港為Teach for HK工作，會到一間基層中學任教一年。這件物品是我小學一枝陪伴我很久的螢光筆，都用光墨水了，但它代表著我的初心。

香港未來的教育對沒能力離開的小朋友必定影響很大。加上國安教育，即將投身這個教育界的我也十分灰心。但最近我不斷看到一句說話：「勿以善小而不為。」我知道就算我能做的只有很少，不能改變這個大環境，但我亦提醒自己（就如大會舉辦這個換物會一樣）：「做的事再微小，也必有其力量和意義。」

所以啊，這枝highlighter提醒我，不要忘記初衷、當初最純真的、最單純的熱誠，而且不要吝嗇自己的善舉。

香港人，加油。
好人一生平安。 ❖

#042

Hello手足，你最近過成點呀？我就過得麻麻哋啦haha。雖然喺幾年前因為運動而識咗個女朋友，屋企人亦由港豬/藍絲轉黃，但我亦喺打嘅時候失去咗一生中其中一樣最重要嘅嘢——視力。我從來無後悔過出嚟，從來冇後悔過認識一班好似屋企人咁好、咁親近嘅手足，但無可否認，呢次受傷的確改變咗我嘅一生。我有幾個月時間要瞓喺床度，經歷常人難以想像嘅生理痛苦，但令我更痛苦嘅係我只可以做冷氣軍師/後援，喺屋企睇住啲手足被打被拉，而我完全幫唔到手。不幸中嘅大幸係幾個月後，我終於可以落返場，同一班手足共同作戰。嗰陣時嘅我雖然好冇安全感，好怕槍聲同🐶，但我都想同大家一齊作戰，齊上齊落，共同進退。當然，自己知自己事，我嘅身體狀況同心理已經冇辦法返到前線。所以我就希望轉換角色，用我嘅經驗去做好Backup，用我嘅經歷去感染心灰意冷嘅同路人/港豬。喺出返嚟之前，我買咗好多嘢，其中一樣就係你眼前嘅呢支筆。佢睇落平平無奇，卻有種一直支持我行落去

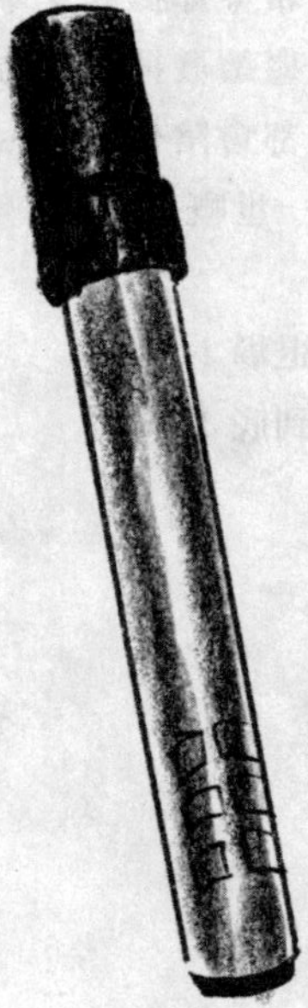

嘅力量。佢令我可以喺日常生活中繼續以文字向他人講出我嘅理念，可以喺每一個角落做文宣，時刻提醒我要勿忘初心。希望你攞到支筆後，唔好將佢擺埋一邊，希望你可以繼續發揮佢嘅力量。記住，只要你仍堅持，我再痛苦都會陪住你，因為你同大家一樣都係我嘅手足，係我一世嘅手足。

只要未死，永不退場！
一息尚存，抗爭到底！ ❖

#043

呢幾年，過得好艱難。

好似活喺水底一樣，好壓抑，好辛苦唞唔到氣，上唔到水面。

可能好多香港人都同我一樣有呢種感覺。

唔知你又過成點？

呢支筆係呢兩年入面陪我渡過好多時刻。由2019年6月開始，好多日記、文字記錄、以至寫信畀坐緊嘅手足都係靠呢支筆，去寫出我嘅內心說話、社會控訴以及對香港嘅悲傷、對手足嘅關心同愛。

嚟到呢個展前，我只係單純想將呢支陪咗我咁耐、經歷咗咁多嘅筆交換出去。

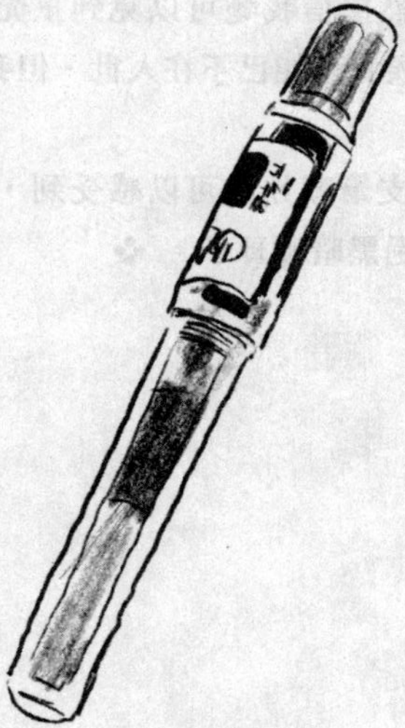

去到呢一刻，睇晒個展，我希望呢支筆所寄存對同路人嘅愛可以傳遞開去。黎明前真係好撚黑暗。

呢一刻我仍然堅信我哋可以見到重光一日，就算呢一日來臨嘅時候我可能已不在人世，但我相信。

希望收到呢支筆嘅你，可以感受到，我就會化作呢支筆，陪你走過黑暗嘅日子。❖

分類三

#044

一九年六月開始，這風扇便陪我參加每一次集會遊行
大家都記得當時的火熱天氣，及滂沱大雨，看見前線的
手足全身裝備，比我熱上多倍，便生起為手足送上冰凍
飲料的念頭

接過我飲品連番多謝的你，
見我沒蒙面多番提醒的你，
催淚彈射來護著我的你，
＿方推進還先幫我推冰箱才走的你.
目送被捕上警車的你
你們好嗎？ ❖

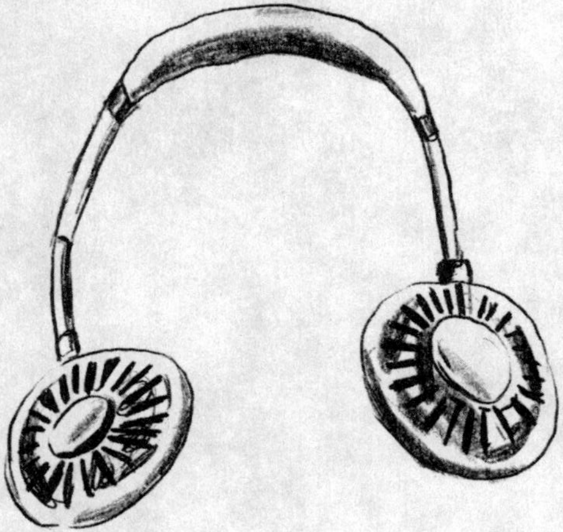

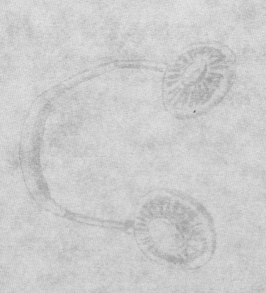

#045

30幾度的夏日香港，炎熱難耐，令人躁動不安。有人發明了強力的手提扇，兩年前陪我走過了那條長街，每次因為人多路窄而停下來時，風扇為我和身邊的人帶來一點空氣的流動。兩年來，我依舊會帶著風扇出街，不過會開動的次數漸漸變少了，身體開始耐熱，大汗疊細汗也不覺是甚麼的一回事。如果耐熱和汗水可以為這地帶來200萬＋1人盼望已久的美好事物，我願意繼續。目前大家都很困惑，局勢狀況令我們必須停下，不打緊，漫長的日子總需要搵食維持生計，不必內疚，做好自己身邊每件事，人人都做好自己，集合所有的好事，成就更好的事—終有一天

願風扇為你驅散不安，帶來平安。✤

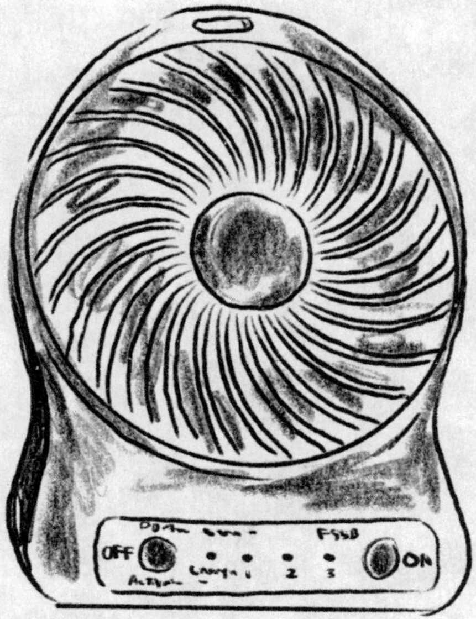

#046

1. 無人講真話，高＿個個講大話
2. 公義越行越遠，不義越迫越近
3. 不能再用來遊行，因為這把扇用來遊行
4. 2014年黃絲帶
5. 掙扎於希望和絕望之間，找尋火花，又見它熄滅
6. 回憶的實體，2014年周庭從學民給了我們一大袋黃絲巾，這是其一
7. 周庭雖然從獄中出來，自由卻是短暫的，何年何月港人才不需受苦？ ❖

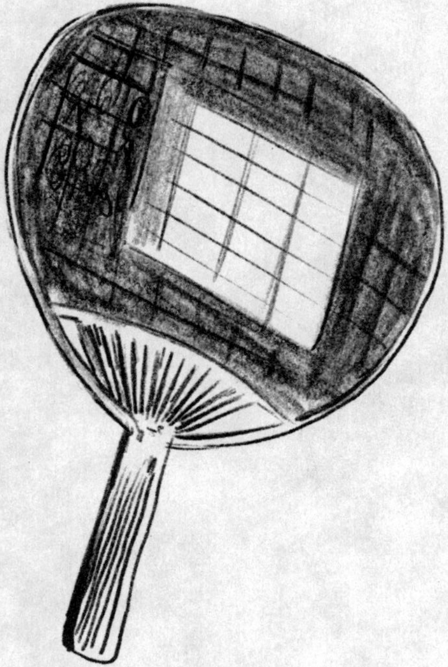

#047

同路的你：

你好，這幾年過得一點也不容易，好多畫面仍歷歷在目，在腦海多次重覆出現。一百零三萬，二百萬+1，再到每星期，無數晚……

日子雖難，但我們一齊經歷過。

這支「冰水」是每次運動的必須品，大汗淋漓，就會噴一下，冰爽一下，繼續前行。

幾年後，仍會噴這冰水，記著那年「那感覺」！
即使再熱，再攰，那一齊行的感覺
香港人，撐住！ ❖

#048

這是2019夏天游行，良心小店派畀路人嘅退熱貼，上面「加油」嘅字亦係小店職員寫上的。相信呢個就係「黃圈」嘅初型。雖然相信未來未必再有大型遊行，但希望「黃圈」能夠持續，真香港人嘅互動精神亦永不滅！ ❖

#049

兩年過去，但香港沒有變好，還變得差咗，身邊朋友移民嘅移民，做港豬或者keep住反抗，希望終有一天可以見返我地鍾意嘅香港

酒精濕紙巾 在發夢時 差不多必備

1. 可散熱用
2. 可抹去水砲車的顏料！

香港人要keep住團火不要似紙巾抹去所有！

加油香港人 希望有日可煲底見！ ❖

#050

2019.呢條毛巾為我抹下分不清係汗水、淚水或雨水（已清洗乾淨！）亦擋過催淚嘅煙。今日毛巾乾了，希望香港不再有淚水，香港人平安！ ❖

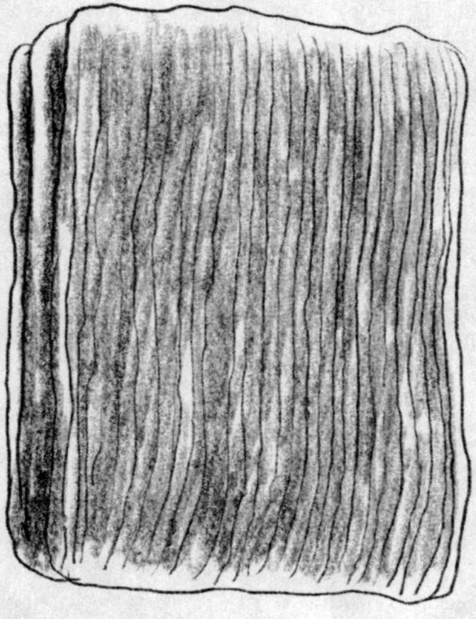

#051

手足：)

你好！唔經唔覺原來我哋香港人已經一起走過好幾年，我相信2019年所發生嘅事呢一世都唔會忘記6.9，6.12，6.16，7.1，7.21，7.28……呢幾年來每逢呢啲日子，都會想起當日所發生嘅畫面，記憶猶新，呢2年，香港人嘅自由雖然愈來愈少，甚至可以話冇自由咁滯，但係會盡做，食黃店，撐蘋果，同在外地嘅朋友分享香港所發生嘅事。

呢幾年，呢件物品陪伴我在抗爭場面出現，一條冰巾除咗可以在炎炎夏日擺喺條頸巾有冰涼嘅感覺令自己降溫，而且有時候遇到__ __亂咁射TG嘅時候用來遮擋一下口鼻，有少少阻隔作用，雖然而家未必再可以用喺抗爭場面，但我有時行山都會用來降溫㗎XD希望揀咗呢件物件嘅手足，你會好好善用佢，雖然只係一條普通到冇得再普通嘅冰巾，但對我來說真的好大意義，好

大感觸T.T

呢件物品對我來說，我有幸參與香港呢2年所發生嘅大大小小的事，陪伴同經歷咗好多野，有好多汗水，好多付出，其實我以前係一個港豬，不問世事，但正正因為2019年將我拉回做返一個會關心時事關心政治嘅一個人，同埋我相信雖然我哋付出咗好多手足的血汗，犧牲咗好多手足嘅前途，但我自己黎明係會來臨，希望大家一齊加油，唔好放棄，「黎明來到要__ __ __ __ __」「Glory to Hong Kong」

我相信有日能夠同各位素未謀面嘅手足在煲底下除罩相擁，千萬不要忘記初心！！

送畀你一首劉穎匡在還押時寫嘅一首歌「由零起步」

> 就算輸給那些亡命之徒 不等於終結就到
> 確信面前尚有路 臨天光之際會等到
> 明天可會更加煎熬 到無力承擔的程度
> 暫時別怕 時候很早
> 從頭起步 自會有歸途
> 逃不出圈套 能掙扎亦自豪
> 因成熟不等於認老 迴避暴風后再趕路
> 由零漸起步 路會更荒蕪 無須擔心到隨手放下地圖
> 命運難料都不要給擺佈 人還未死總可看到變數

最後 香港人加油

Fight For Freedom，Stand with Hong Kong ❖

#052

有緣的你：

當你睇到我呢封信，代表你還在堅持，好開心有人還在堅持，呢個腰bag我特別買回來，看似很新，但係佢陪我走過2019～2021（特別是2019初夏～嚴冬）由於每次出去都要帶好多物資，希望在場有人有需要嘅時候我可以出一分微小嘅力量，但係有好多時被追就要被迫換裝同埋扔掉手上所謂「犯法」嘅野，例如生理鹽水，士巴拿，豬咀，………呢個腰bag主要裝mobile，現金，身份証，同埋無登記嘅8達通，由於唔會經常使用，所以看似很新，但係佢都救咗我幾次。

回憶很深，每一幕都好似尋日先發生，今日613，尋日嘅612我到過旺角，睇新聞嘅時候仿如昨天，2019前嘅我係港豬，而家嘅我係一個好愛香港嘅香港人，雖然好似越嚟越黑暗。 ✤

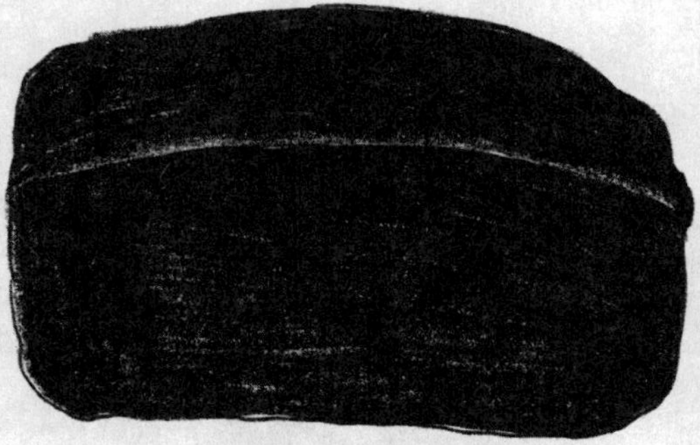

#053

手足你好，

唔知你睇完個展，有咩感受，但係嚟到呢度嘅都係唔想放棄，真係好L鍾意香港嘅人，幾年啦，我哋行咗2年，但係唔係兩年就完，我知而家真係好L辛苦，好L難頂，但係香港人要到夢想的彼岸，我哋還未見證過最恐怖的日子，我一直都相信「freedom is not free」我哋香港2019前核心價值，「自由」「民主」「法治」，但係有好多個香港人真係唔明白咩係「自由」「民主」，我哋嘅所謂自由民主好似天跌落嚟，英國為咗利益，為咗安撫香港人或者因為政治手段而畀我哋，但香港人根本唔會珍惜因為自由就好似氧氣咁，無嘅時候先會感受到所以而家係真正對於香港人嘅考驗嘅時候，我哋好愛呢個地方，我哋對自由/民主有幾渴望，可以要堅持幾耐，犧牲幾多？香港人值唔值得有自由/民主？一個地方最重要嘅永遠都係人，必須有一個成熟的公民社會，而公民社會都係人係基本 ❖

#054

辛苦啦　香港人

你好啊。呢幾年辛苦你啦，唔知道你條路點行，但相信無人行得容易。希望我哋將會繼續行落去。

行到見到希望，行到見到出路；我相信而家我哋係韜光養晦，嚟緊亦要侍機而行。

2019年令我唔止醒覺香港已經變成無民主自由之地，更令我以及好多同想法嘅人，走咗出嚟，唔只係再向__權講，而家「我要咩」「我唔要咩」，而係表態如果__權一意孤行，我等將盡力反抗。經過呢幾年時間，其實已經不如當日氣憤，好似梁天琦所講「唔好畀仇恨支配我哋」，但不幸2019年都係畀仇恨支配，因為黑 __ 嘅濫暴，正苦嘅漠視，藍絲嘅任意妄為，以及對中 __ 嘅恐懼。

回望依730日，如果當日無發生咁多黑__濫暴，政府再扮多陣「好人」，藍絲並無特權，無7.21元朗恐__，無8.31太子站恐__，無6.15梁烈士之死，無陳彥霖，無周梓樂嘅死因存疑，無中大抗爭，無理大一役，無射盲女示威者，無實彈射擊示威者，無新屋__虐待，無不明浮屍，無胡椒噴霧，無催淚彈，無橡膠子彈無實彈……如果無呢啲令人仇恨，令人無法漠視，令有良知嘅都無法默然嘅……當日嘅我又會唔會走出嚟？

會。一定會。因為逃犯條例就係港 __ __ 權向香港人生活/生存嘅自閹，將香港一步步送返大__，兩地變同一體系。唔知你點諗，我真係好鐘意以前嘅香港，但睇住回歸後嘅香港一步步改變，新移民日漸增加，學校嘅國民教育，住嘅社區由廣東話係常用語言，變成普通話嗰刻就令我知道再任由咁發展，香港將會滅亡，香港人將會消失/同化/洗走……

所以，希望無論幾耐之後再有發聲/表態嘅機會，我哋唔好退，唔好自閹，「勿忘初心，請緊記　堅 信 有 天 celebrate」TKF光頭幫 — Life is a game

呢件衫只係喺深水埗買嘅好平好平嘅外套，但佢保護我走過大小場合，走出多個危險之地，上面嘅痕跡，紀錄我同好多人同行過，所以有同xxx紀錄過同好多同路人成為互相手足，所以有手足之稱。

每當我換上呢件衫，都會有差唔多同色系衣著嘅人稱我為師兄，而家暫時Black Block退場，或者永遠都無法上場；但想你望住呢件衫，記住曾經有一班同路人，手足，佢哋一樣都繼續堅持。

Sorry for 1999，因為諗到咩就寫咩。

最後，「你的初心如何，你的革命也必如何」如有做文宣，請繼續

因為你唔知，當你攰，當你無力，當你想放棄時；喺巴士/燈柱/隧道，見到一句真係好開心 ✤

#055

令我感受到自己是香港的一分子，可以為這個社會帶來改變。但由poly一戰役，街頭抗爭來到了終點，而這場二百萬人的抗爭亦走到瓶頸位，甚至 ＿ ＿ 法的立法，都令到這場抗爭……感覺一切又回到從前，而且比起從前又失去了更多，提筆至此，想起失去的東西令我難以繼續……

最近有一位朋友告訴我：「你沒事便可以代手足繼續走下去」一語驚醒，令我從長久的內疚中有一點釋懷，給予我勇氣打開那個封塵已久的角落去取出這一件回憶裡的東西，亦都給予我繼續前進的勇氣。

原來見字飲水，保持呼吸並不只是一句網絡用語，亦是一份關心，一份在亂世中、黑暗中最親切的關心。只有我們餘下來/留下來的人都安好，才能代那些一直在我們心中的手足走下去，繼續這一場＿ ＿＿ ＿。

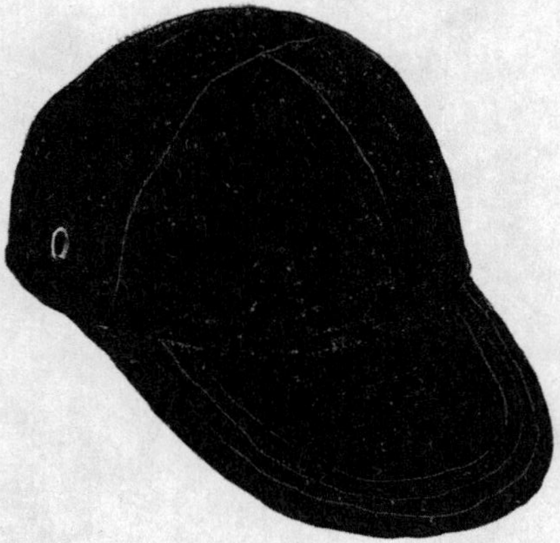

感謝你睇到呢度，希望我的分享能夠帶給你力量，能夠給予你勇氣

Thanks a lot
見字飲水 ❖

#056

呢頂帽陪伴咗我無數次抗爭
留低嘅汗即使臭
都比唔上__權嘅腐臭
如果可以留低 我希望留低嘅
係香港人留守嘅決心但係做唔到

所以呢封信見到呢頂帽嘅人
唔好忘記今日仲會嚟呢度嘅原因 ❖

#057

我嘅「以物易物」係一個哨子。

運動早期，佢已經同我出生入死，救過好多人，亦試過令我變成target，身陷險境，我已經習慣每日同佢一齊，出親街都會將佢放喺袋內，佢係我嘅護身符，有佢就有平安。今次「以物易物」我揀咗佢，係希望將祝福交到你手上，希望你一切平安！

呢幾年你過成點？有好好休息嘛？有好好面對情緒嘛？有照顧好自己及身邊人嘛？仲有火嘛？仲有堅持嘛？近呢一年，運動氣溫隨著疫情下降，但我無一刻停低過，我仍然堅持喺自己嘅崗位上努力，例如照顧好身邊的大人及小朋友嘅身心健康，工作學習上嘅支持，記念每一個重要日子，傳承呢兩年間發生過嘅大小事情，法律上嘅支援，旁聽，探訪，寫信，送車，送花，聯署，課金……可以做嘅都盡力去做，之前最難處理嘅衣食住行，而家已經轉移至其他地方，而手足出獄後嘅支援都需要計劃。

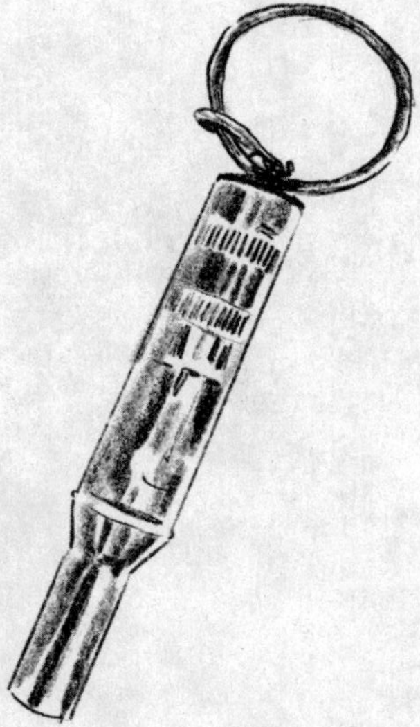

我覺得呢兩年對我嘅影響實在太大，唔止返唔到轉頭，亦令我停唔到落嚟，我只可以一直做一直堅持。直到成功煲底除罩相見嗰一日

2021.06 ✤

#058

一支唔記得喺邊一個物資站攞嘅電筒再加一個行街有人塞畀我嘅keychain

有啲嘢無論bury得幾深，你知道你係從來冇忘記，呢兩樣嘢好耐已經冇拎過出嚟，原來仍然感受好深，希望你我永遠都唔好忘記

加油 ❖

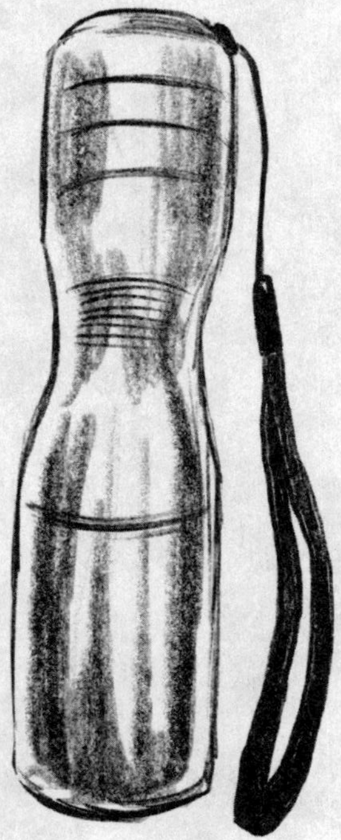

#059

素未謀面的手足

我是個海員，工作需要常要戴豬咀。天熱總會心內抱怨為何當初要選這工作？又辛苦又焗……

社運全民覺醒後人人上街都戴豬咀，甚至有組合表現全身Gear詳細評測，實在又驚又憂，變化之大，實在始料不及

買下這濾罐時，慣常地寫下有效限期在包裝外，也會心裡飛過一個念頭，究竟到有效期完結時還需要用口罩，豬咀上街嗎？會迎來煲底相見的承諾了嗎？

可惜直至今日，＿＿法生效，自由民主全被扼殺，無數人導致遠走海外，坐監者不計其數……面對如此巨變。希望讀到此信的你萬萬要頂住，堅持做認為正確的事，一齊撐到有轉機的一天，好嗎？ ❖

#060

2019年，係我出生咁耐以嚟經歷得最多嘅一年，原本應該係一個暑假去旅行，返part time，得閒約人出嚟玩，吃喝玩樂的年紀，但個社會發生得太多事，自己亦都好難置身事外，雖然我唔係啲好勇敢嘅人，但係至少至少要係自己嘅崗位盡下力。2019嗰半年係我志氣最高昂同時情緒最波動嘅一年，有時睇睇下新聞都可以突然爆喊到成個傻仔咁，哈哈，我以前都唔會點喊，死忍爛忍嗰啲嚟，社運開頭真係覺得個世界仲有公義，仲有得救，依加諗返起覺得自己真係好天真。但係我絕對唔會後悔自己所做嘅一切，同所有香港人一齊經歷嘅所有嘢，唔試過又點知會唔會成功。

2020年武🫁重擊咗香港嘅社運，大家都好驚，好多防疫物資都冇，又搶口罩，又搶酒精咁，學又冇得返，fd又唔敢見，自己好似突然間由好多嘢做變到淨係喺屋企做廢青，上Online Course 真係頹廢到仆街……生命好似冇晒寄托咁又無所事事。完全唔知呢年做過啲咩，就

淨係得個安法實施呢啲新聞。到2021年大家就開始畀啲連登post帶風向，乜都批一餐。

開始覺得越嚟越無力，覺得自己冇咩可以做到，唔知做到咩，但係我都會堅持自己理念，支持黃色經濟圈，同班🐼、藍紅店誓不兩立。不過都係多得呢個社運先畀我分得清身邊嘅人有冇良知

黑色口罩由當初出嚟行，到蒙面法，肺炎，都陪伴咗我好耐，雖然佢4層夏天帶會熱咗啲，不過其實而家我都少戴咗黑口罩，可能係自我審查，又費事咁惹人目光，希望你啱用啦 。

個口罩入面仲有張紙，係有次有個伯伯係街邊寫的，我影印咗好多，而家用唔到了。

P.S 我寫緊呢封信嘅時候有個細佬唱緊榮光。其實有好多同路人一直都喺身邊，只係大家唔可以相認，加油啊一齊
避唔到，一齊捱！

#061

幾年過去了
由幾年前的6.12 到今年的6.12
經歷如水的那個夏天
無數TG、橡膠、布袋、藍水
經過疫情
經過各種599
經過各種 ＿＿ 法的「依法」
抗爭行動可能暫時退卻
抗爭之火仍從未冷卻。
就等一個契機，一個凝聚所有好撚鍾意香港嘅人的時刻
不論你在香港，還是在外國他鄉

這個是Respirators 每次上街一定跟身
是「路人」也好
當“backup“（帶不了豬咀）也好
給其他人擋TG也好
帶不了豬咀時候，它是最好的mask

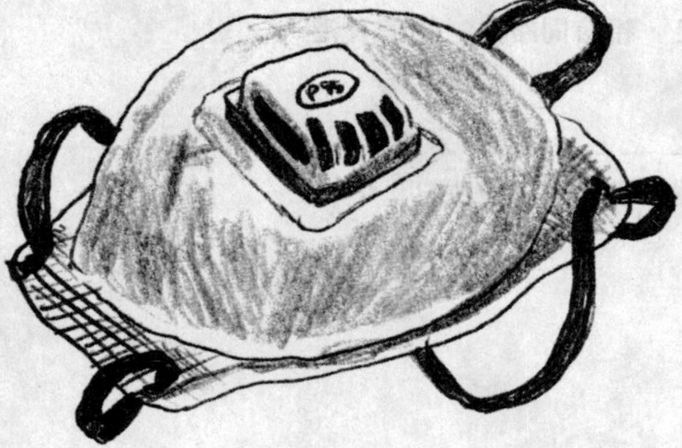

要當路人時，它是最能擋TG的
給別人用時，總希望它能幫到需要它的人
疫情初期，心理上它比N95安心

到今天，家裡還有幾個，雖然不知道何時再有出場的機會。但我相信，那個波瀾壯闊的夏天，一定不會就此終結。香港自由之路，才要開始。相信自己，相信手足，相信同路人，相信香港。

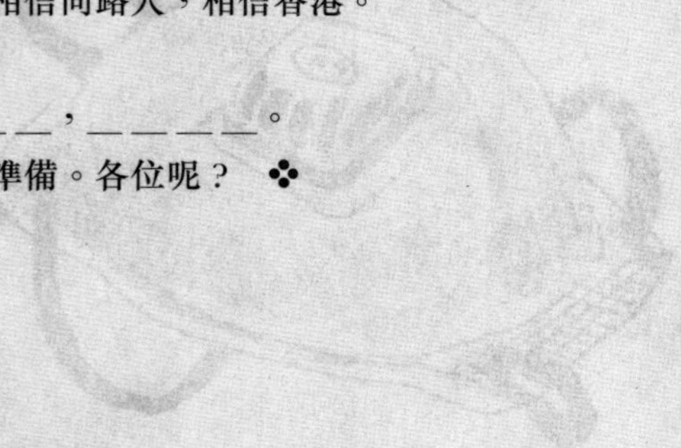

＿＿＿＿，＿＿＿＿。
我還在準備。各位呢？ ❖

#062

1 這幾年，你過得如何？
這幾年來的一切一切仿佛就如一場夢
過得幸好沒被滅聲，但也過得得過且過

2 這幾年來這把雨傘從來都是個印記
提醒著我們這幾年受過的苦，走的每一步
感謝仍然堅持的各位

3 SAD BUT TRUE
感謝大家！
☂BLACK.
NEVER FORGET
NEVER FORGIVE
WE ALL WILL BE BACK！

#063

2019年的自由之夏，和同路人一起在硝煙槍火的逼迫下瘋狂進化，更改原有的生活模式，放下悠閑安逸，以不同的眼光看原有的事和物，學習捨棄慣性重新選擇，並竭力彼此守望。

經過無數難眠的夜，內心不時會被仇恨、恐懼、心痛和內疚佔據，但可幸的是，一路來我從不孤單。

帶來當日陪我在街頭行走的裝束，願大家在生活的崗位繼續堅持，偶爾自肥一下，好好保重！ ✤

#064

雨_傘

相信它是一個不可或缺的「好朋友」

無論天晴也好，下雨也好，2019的每個週末和大日子，總有它陪伴。當天下起催淚的雨點，這雨傘發揮它的微小功效，一把傘雖然微小，但我們有的是二百萬零一把傘。

總有一天，這傘(s) 定必能對抗、抵擋這場大風大雨。 ❖

#065

呢2年都係咁囉，生活照生活，返工照返工，有種苟且偷生嘅感覺。想當年作為一個和理非，612出過去，食過人生第一次催淚彈，之後去過遊行，覺得自己冇咩參與，又一路不斷提醒自己，唔出去都仲有好多野可以做，然後又再跌入自己冇咩參與，覺得痛苦點解自己咁廢嘅loop度。每日新聞直播都好多事發生，真係完全消化唔到。我覺得自己選擇咗沉默，時間咁又過去咗，因為仆街肺炎我直頭覺得2020消失咗。

呢把遮係喺運動前就已經買咗，因為真係好好用又好輕所以一直好珍惜咁用。612之前出去遊行都會帶住佢係身，但612我知會有大單野，所以就冇帶佢出去。因為我唔想佢唔見/爛，想保護佢想繼續珍惜佢用到幾耐就幾耐，之後又用咗2年到而家2021，佢終於開始爛，但唔緊要，我都係咁鍾意佢，佢仲未爛到用唔到。

到近呢幾日，我終於開始諗，我係咪應該換過把新遮

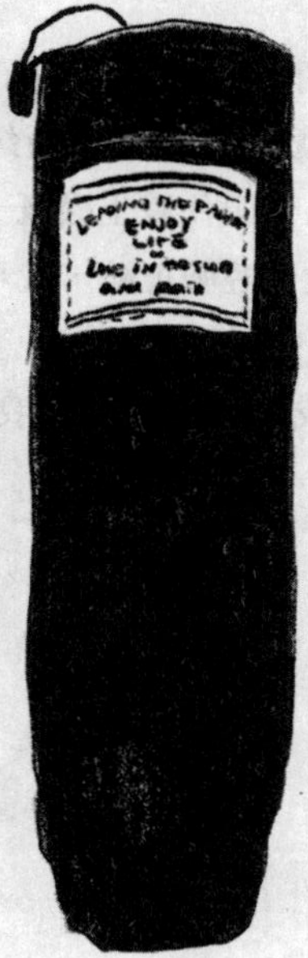

呢？佢一路都好好地，我又咁珍惜用佢，幾時開始想爛我又冇發覺呢？點解爛開個頭之後，爛嘅速度會咁快？

呢啲一切諗唔明嘅野，其實都好似冇得再諗落去，因為唔會有exact嘅答案。呢2年所經過，你所感受體驗過嘅就係答案。只要記住發生過嘅一切，然後move on。我有呢個機會放低咗呢把遮，我可以move on 了。

喺平行時空嘅我哋哭過笑過，我哋而家在嗰個時候都仲笑緊。 ❖

#066

黑色長傘……
其實不用多說，黑色長傘對我們的意義……
銳心之痛！

一場一場抗爭行動，傘陣不可或缺，亦都係勇武ICON！

黑__武力清場後，示威場地滿佈變形，殘破不堪嘅雨傘，劫後餘生畫面一一呈現；好心痛！好憤怒！無力感好重！百感交集……

但堅持爭取公義嘅真•香港人，依然冇放棄過！
我哋哭過，憤怒過，然後繼續出來為呢個香港努力爭取！

雖然，香港連最基本嘅遊行都消失殆盡！
香港最自豪嘅自由民主都被掠奪！

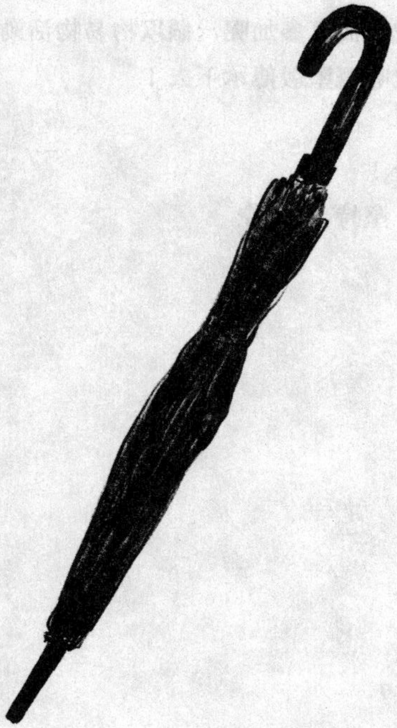

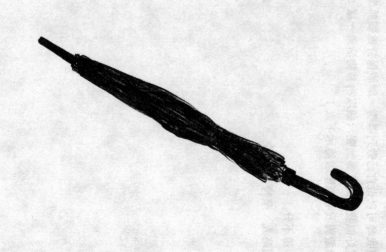

我哋而家好似咩都做唔啱咁，好無助……
但我哋可以做自己做到嘅嘢，繼續保持返個熱度！
就好似我哋而家參加呢一個以物易物活動一樣！
繼續將我哋嘅堅毅傳承下去！

和勇不分！
同路人，堅持！！ ✤

#067

我自問是個膽小的人，
這些年發生的事總令情緒更崩潰，心更不安，
縱使社會好像「回歸」平靜，
但內心總是不平不靜。
這兩枝「心」理鹽水，卻一直藏放在背包的一格，
沒有意欲要丟掉，沒有需要使用，卻也沒有忘記過它。 ❖

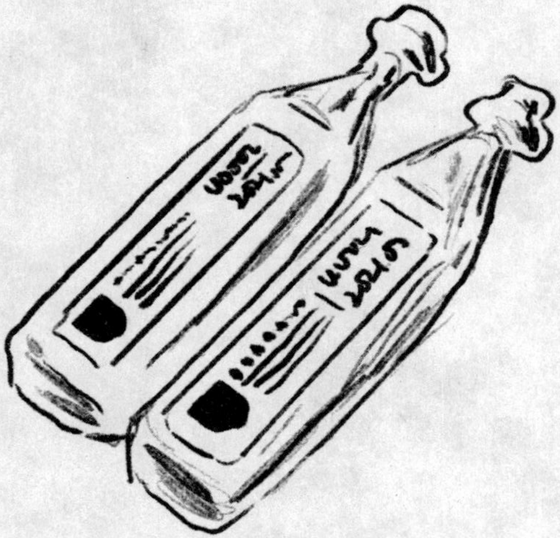

#068

Hello，手足~呢幾年過成點呀?我帶咗支生理鹽水過嚟，以前嘅嘢其實都揼得七七八八，我見今個展覽有交換火花嘅活動，所以就打返開嗰個好耐都冇打開嘅櫃，而家打返開都有陣酸臭味，咁啱就畀我見到呢支鹽水，佢都陪我行過好多段路㗎，佢特別大支，咁啱就喺今年過咗期，當係將我呢個同伴畀你，代表住我呢幾年行過嘅路。我唔知我仲有冇力可以行到落去，自從某一日開始，我成日都會發住同一類嘅惡夢，我好想叫自己繼續向前行，喺我嘅能力範圍再行，但今年嘅情況真係越嚟越嚴重，所以畀我呢個同伴你啦，你要繼續行落去！屌講到我好似就死咁！唔係！只係我而家行到有啲攰想抖下，我仲有好多樣嘢想做，仲想見證香港重光，我會好努力堅持去到嗰一日。我哋都要一齊等到去行到去嗰日。我可能未必再喺同一個崗位到再行落去，但我會再搵其他位，抖緊嘅時間，都會睇書，做運動，因為我真係好想好想目標實現。反正都頂咗咁耐，唔爭在頂埋落去。

你要好好保重身體，繼續行落去，屌撚住！我哋好快會再見。 ❖

#069

To 同路人：

未有反送 __ 之前本身已經覺得時間過得好快，而呢幾年對我嚟講甚至大部分人嚟講都會覺得快得嚟同時又好似一個好漫長嘅夢。2019年前我係港豬，14年佔中明明讀緊大學都冇話好似into件事亦冇好好了解個社會，覺得罷下課著下黑色衫都ok了，19年因為好多原因好投入香港嘅社會事件，每一刻情緒都幾乎被每日發生嘅事主導，個人完全放鬆唔到，覺得唔應該有玩樂嘅時間，每一日有咩「行動」就算未必出去參與其中都一定要保持關注，呢個係19年下半年嘅我，一放鬆一去玩就會內疚。幾年後嘅今日，我變得好怕再睇到反送__嘅嘢，同埋每日都好荒謬嘅新聞，當然我會繼續留意住但避得過都唔想太深入去睇。19年每日都會stay po下文宣，對社運感受等等，而家睇完都唔會太想po……因為好驚諗起19年，對呢個__權嘅恐懼、親眼見到嘅某一啲畫面、屋企畀啲壓力、隊友畀啲壓力等等。創

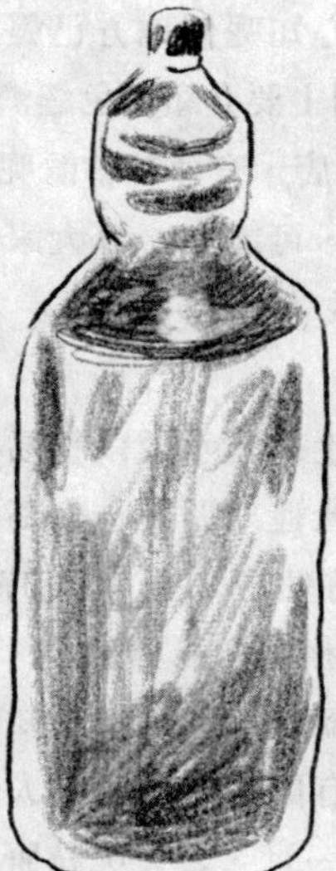

傷後遺症，大概唔多唔少每個同路人都會患上，試過之前係台灣有晚聽到啲呼呼聲，以為放TG（其實係放下炮仗），又有試過你街上突然見到有人跑，會諗係咪有黑 __ 追……其實而家表面上好多時生活睇落已經變得好正常但你心知呢個地方已經扭曲咗，返唔到去了。我有Run一個主要介紹黃色經濟圈嘅野食ig 係自己stay都會介紹下黃店，有陣都會諗呢種堅持有冇用，仲可以維持到幾耐，可能有一日大家都會好累唔再分黃藍但自己依然好執著……

我拎咗呢支細嘅生理鹽水做以物易物，其實佢對我嚟講都幾有意義，社運期間我一直隨身帶住無論係平日返工定點，因為你唔會知道TG幾時會亂放，連累到咩人，TG中咗眼好痛，會影響逃生，所以我帶住佢，幫人幫自己都好。而好好彩（都唔知叫唔叫好彩），我身上呢枝最後都冇開，（通常有人更加快拎咗出嚟幫其他人了haha……），之後呢枝野而家變咗我行山會帶嘅野，都算係陪咗我年幾。所以對我嚟講都幾有意義有少少唔捨得，你要代我好好保管佢啦！（2021年12月過期，最好就唔好用咗佢XD）

原諒我寫到啲野一舊舊咁，思緒好混亂，心情好複雜，本身嚟到呢個展冇耐都眼濕濕。最後，祝你在亂流下平安。每個人力量好細，但只要大家都堅持，總有一日會見到曙光。

呢個係我深信嘅野。一齊加油！

上面講過我有run介紹黃店嘅foodie ig 如果有一日你想聯絡下我，可以係果個ig dm 搵我，當然唔搵都唔緊要啦。

講到呢度先啦 ❖

#070

喺9/6，我仲係一個傻西港豬，連嗰日有遊行都唔知
我先第一次行出嚟同大家一齊行，好對唔住當時有留守
嘅手足

1/7立會嘅手足 我冇幫到大家手。
721，我先至真正瞓醒。唔係因為元朗，係因為見到上
環嘅手足唔退。嗰陣我先知道勇武抗爭有幾需要人幫
手，知道手足為HK付出緊幾多。

10.1去到黎明行動，已經唔記得有幾多次同被捕暴動擦
身而過

Weekend就去MK，weekday就喺自己區做文宣，搞到
個grade爛到仆街:)

就喺自己隔籬有手足被防 ＿ ＿ 龍壓低，嗰種心情真係
xxx

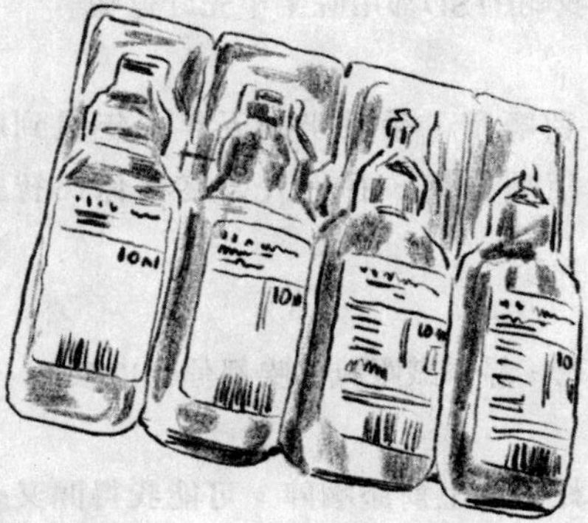

成日都會問自己點解唔做好啲，點解唔係被🐼咬嗰個

明明U　life就應該開開心心喺hall溝下女，經歷過呢啲嘢之後個人都傻撚咗。平時坐喺度都會聽到啲橡膠槍聲。

跟住之後我啲PTSD都用咗半年先好返啲

走嘅走，留嘅留。手足坐完五年十年見到啲人走鳩晒，點同佢哋交代，香港人始終都係民智未開，唔肯付出

睇勇武去死，靜係識跟風。唉都係收皮啦

都陪咗我好耐。上前幾嗰陣，可能我得閒又有FA嗰陣就幫手足處理下啲傷口。 ❖

#071

呢兩年來我由想死變返積極少少，記得自殺潮嗰時我好想跟住一齊出去死。我成日覺得如果革命係需要人去sacrifice，就由我呢啲本來就唔珍惜自己生命嘅人去啦（我由2017年起有depression至今）直到我認識到我而家男朋友，佢成日陪我周圍發夢，夢入面我做返自己一直擅長嘅野，即係畫下畫咁，無論係街定係網上，我都有留低少少足印，可能係「行動戰勝恐懼」我覺得自己越做得多野就越唔驚，所以之後無力感都減少咗，無咗想死想送頭嘅諗法。

呢樣物件係我帶去發夢嘅物件之一，我成日畫一朵流緊血嘅洋紫荊，而家睇返，覺得自己係個所謂文宣吧，今日畫嘅之後第日就可能見唔返，但提醒緊自己同見到嘅人，呢個家病得好厲害，即使我地無能力去改變世界但要由我哋去見證香港嘅轉變，因為我哋係香港人

今日睇返已經覺得2019離我有啲遠，我某程度都有啲逃避香港嘅新聞（因為自己病，我一次live都唔敢睇）但我會好記得自己曾經為咗自己頭家去過發夢，流過嘅眼淚不會被忘記 ❖

#072

2019年嘅六月，對於香港嚟講，我個人覺得可以話進入一個黑暗嘅年代。由於當時特首一個自我及錯誤嘅決定，硬推逃犯條例，引致二百萬人上街遊行。但當__者卻以__力鎮壓，不惜以催淚彈，橡膠子彈，甚至以實彈驅趕市民，此舉卻促使民間產生各類不同的組織，此水袋的作用，便是當時救火隊用來盛載清水，不顧自身安全，勇敢地將清水倒進催淚彈上令其熄滅之用。 ✤

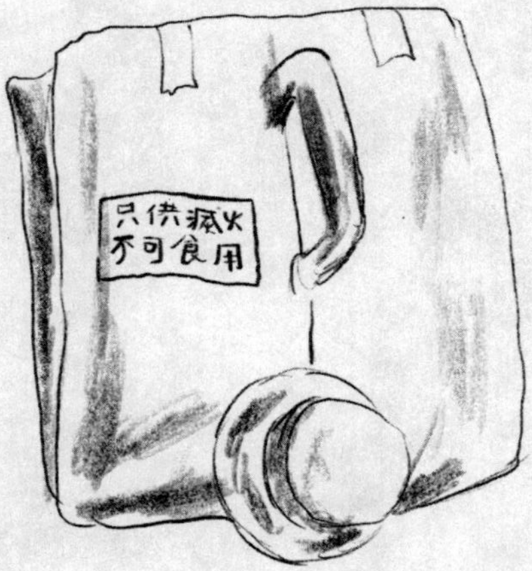

#073

Hello!

「時間如風 記憶如沙 半生如今」今天前來的時候聽到了這句歌詞，的確自19年後恐懼和失去的東西使我變成了懦弱和破碎的人。兩年的光陰，我一直帶著這張後備的八達通，由活動最熱烈的時候，每一次回家也會用它，到今天活動落幕，我也把它封印，彷彿見證抗爭的起落，個人情感上的起伏和勇氣的流逝。 ✤

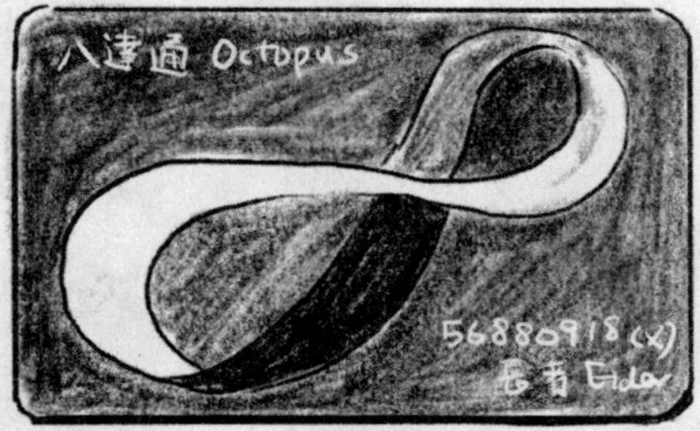

#074

這幾年來一直相安無事，每天生活如常。就像甚麼事也沒有發生過。我以為抗爭失敗後，只要安安靜靜就甚麼事都沒有。然而，每一次我拖著她，我們忍不住想起我和她，甚至是和她的子女的將來……在香港生活真的沒有問題嗎？如果只有我一個，其實我真的沒所謂，我可以乖乖的做個「守法」的中國人，在中國香港生活下去。但我不想她也跟我一樣委屈。我更不想和她的後代在沒有希望的香港成長。＿＿法立法以後，我偶爾想起曾經的自由，現在已經消失了。她在這裡一定不快樂……後來，她跟我說「不如我們離開香港，我不想我們的子女在這樣的香港長大……」我沉默了，因為我很愛香港，我會不捨得，但每一次親吻令我更確認我愛她，我想給她幸福，給她將來。於是，我決定離開。希望這封信的你/妳，無論離開與否，我深信你/她也深愛著香港。而我留下來的物品，希望你/妳會幫我好好保管。因為這個東西留著了我當初守護香港的決心。＿＿法以前我每次要戴上它，我都是充滿希望

的，堅信這一次是最後一次了。我們一定會成功！

雖然現在並不是我當初想要的結果，我亦放棄，選擇帶著她離開。但我想把它留下來，證明我愛過，爭取過，守護過這個地方。

留下來的你/妳，希望你和妳也生活得好。繼續守護這個香港。保重。 ❖

#075

過去一年半，我都堅持寫信給在囚手足，用這支科學毛筆寫信，會讓每隻字的一筆一劃能更專注完成。寫信給手足能讓自己梳理自己情緒，面對自己情緒，在關懷手足的同時，亦讓自己有能量繼續走下去。 ❖

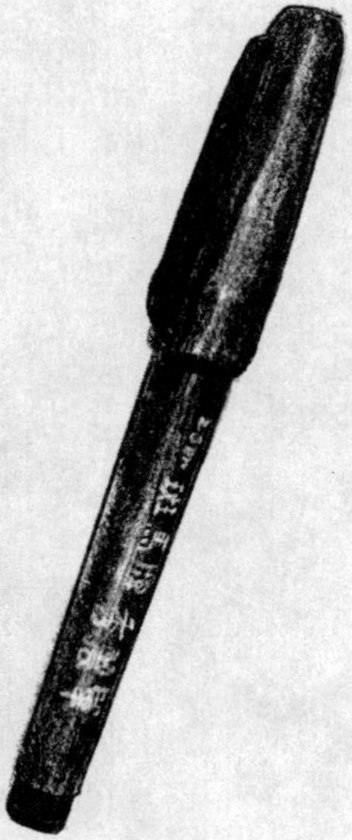

分類四

#076

致香港人，

呢兩年你過得幾好嘛！好似問緊廢話咁，但願你可以喺黑暗中之中找到快樂，活在當下。過去幾年呢個世界真係發生咗好多事，由社運到疫情至今，香港人都好似再搵唔返快樂嘅一刻咁，好似永遠都只能活喺黑暗之中。但喺另一面睇，好似係因為呢一個又一個嘅災難，令我哋可以更清晰咁睇清身邊嘅一切；一場運動令香港人重現八、九十年代年代嘅團結。冷血嘅__權提醒我原來生活離不開政治。我自己好鍾意睇哈利波特，鄧不利多有句台詞係咁講：「即使在最黑暗的時刻，只要我們記得點燃蠟燭，仍能找到光明。」但願你可以搵到其他蠟燭，一齊在黑暗之中搵到曙光

呢本書記著2019香港所發生嘅大事，雖然上網一搵就好易會搵到過往嘅新聞，但假若他朝有____權令呢啲資料消失，呢本書就係其中一個將歷史流傳萬世嘅方法。

歷史總會還我哋一個清白，希望呢本書可以帶畀你任何意義 ♡

原諒我文筆比較差，但希望你喺呢個展覽入邊有所得著。 ❖

#077

致一直堅持的人

幾年過去，感恩你還在。曾經氣餒、失望、灰心、絕望，但依然不放棄的原因，你我都在♡中

很多東西回不去了，我們能做的只好向前看，自我增值，在未來見。希望我們能保持初心，做一輩子的手足，約定你，勾手指尾

很久沒叫：＿＿＿＿，＿＿＿＿！

木絲

14/6/2021 ✤

#078

暴政一書，係我喺2019年尾買的。呢本書嘅重要性，不單在於我幾時買入，當然喺2019年睇呢本書，對我嚟講係一個好啱嘅時候，但更重要嘅係，由買入到而家，我已經推薦及借咗畀好多個朋友睇。知識及意念傳承對我嚟講係重要嘅，因為我哋要將呢團火延續落去。

呢幾年，我睇咗好多書，包括近代中港英政治，亦包括香港歷史。我好想了解近代呢幾個對我有著深遠影響嘅地方究竟發生乜嘢事，香港點解會走到呢一步，而更重要嘅係，我希望喺當中搵到香港人嘅身份認同。於我而言，我哋一直係殖民地，97前係英國殖民，而97後就係__國殖民。我好希望有朝一日，我哋唔需要再隸屬任何一方，我哋只係純粹的香港人。

唔知你有冇睇過呢本書，我希望你可以搵一個令你感覺安全及舒適嘅空間，好好細閱，思考香港嘅過去、現在、未來。亦希望你睇完呢本書，可以繼續推薦及借畀

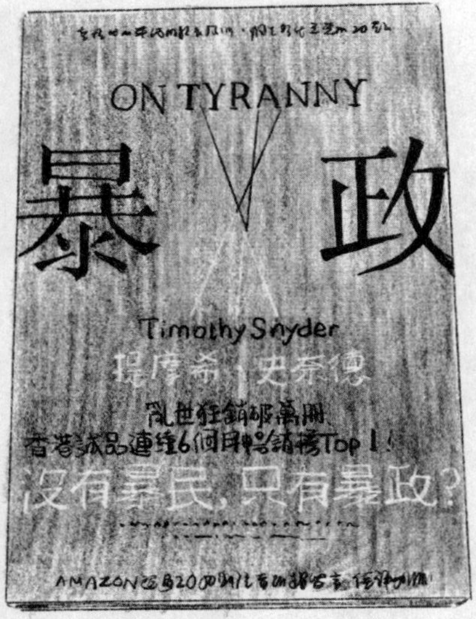

其他朋友睇，延續傳承嘅精神。

祝好人一生平安！

2021.06. ❖

#079

不知不覺已經好幾年，好多時印象好似慢慢變得模糊，但有啲畫面仍然會在夜深時分突然記起，鮮明得像昨日的經歷。

兩年，喺歷史的洪流內只是不值一提的彈指，但於suffer中的人來說，卻是無人能明白的煎熬。活在荒謬中，卻要時刻保持自我。習慣荒謬，卻不可接受荒謬。面對荒謬，我們卻又無能為力，只可以如弱者般對禽獸咒罵：「會有報應」——報應，多麼軟弱無力的一詞。苦難，是連接香港人的過去、現在、未來（最近read this from 好青年荼毒室的白水）的確，疼能令人保持清醒，使人不得不認清現在如狗屎般shit的環境。但除咗保持清醒之外，我哋需要更多的事。把「堅持」推而廣之。

在苦難的磨練中，我相信是對香港人最好的機會，一個令香港民_昇華的機會。每一個倖存的我們，都要

繼承前人的意志make HK a better home。讀書、提升個人修養（2年後仍見到太多民智未開的同路人）、學習如何說服人……可做的事太多太多，或者做唔晒，但只要堅持做，終有一日會見到花開，我亦無愧於心because I've done my responsibilities as a HKer.

蘋果日報，唔係我最support的傳媒，但係在呢個將是非黑白顛倒當食生菜的＿權下，我哋需要蘋果。就算如何被打壓，蘋果都不忘作為第四權嘅職責，講真話。或者有一日，我哋都唔能夠將真相宣之於口，但希望到時大家見到 🍎 = 真相， never lost our way， 堅持很難！講真相很難、但放棄香港呢個家先係最難。

Let's walk together till we see the dawn.

13.6.2021 ❖

#080

To 手足：

你好～ 好開心你要咗我份報紙 ♥

上年屋企人買咗好多蘋果，所以決定攞嚟以物易物。

其實我都唔知寫啲咩好，文筆同字醜……希望你唔好介意啦！哈哈！

2019年到而家都發生咗好多令香港人心痛嘅事，越嚟越多人感到無力，會想放棄、想移民同埋選擇逃避。相信你今日會嚟呢度都仲係未揀放棄！我哋一齊撐住啦！雖然我哋阻止唔到呢個世界變壞，但係我哋可以提醒自己要從善同堅持住一直以嚟嘅信念！！或許黎明唔會到，但係只要唔放棄一切都總會有機會成功。唔好再扮튀啦 ♥ 我哋嘅手足被打、被拘捕、被消失、被強姦、被自殺，為嘅都係公義同自由，而我哋呢啲幸存者每

一步路都係佢哋嘅鮮血、汗水同埋生命，佢哋有啲只係學生，或者連銀髮族都有，唔好令佢哋嘅付出白白浪費。可能你會話而家好似咩都做唔到，但係其實你得閒寫信或者去聲援都係一種方法。也許活著就係而家對抗暴__嘅唯一方法，因為佢哋改寫唔到人民嘅記憶，我哋一定要將香港發生過嘅事話畀下一代聽！唔講太多啦，大家心照啦！我會堅持下去！希望你都係🤍我哋街頭見！ love you 🤍🤍

中六絲打上 ❖

#081

Hello朋友仔

今日係2021年6月15號梁義士逝世2周年，我過得唔好。無一刻覺得由心底裡感到真正嘅自由。不知不覺間已經係6月，所有嘢好似有種熟悉嘅感覺。蘋果25周年特刊對我嚟講係一本歷史書，我好驚有一日佢會成為一本禁書。記得George Orwell著作《1984》入面有句：「誰控制了過去，就控制未來；誰控制了現在，就控制了過去。」當權者一直刪改歷史，企圖扭曲真相。無論六四定係2019年的抗爭，我相信如果我哋唔盡力去保護，去到我哋嘅下一代就無了。呢本刊物就係要我哋盡力去記住歷史，再利用口耳的方法相傳落去。求真的成本越來越昂貴，但必需要堅持落去。記憶充斥住悲傷、憤怒、及絕望的感情，而絕望卻是希望正正因為呢啲記憶，驅使我有更大的動力堅持落去。坦白講呀～身邊的朋友都出現認命，半接受的情緒，無力感令佢哋覺得香港唔會再有未來！我真係屌出聲。一揭開呢本25周年

特刊，入面的字同圖，次次睇我都好感觸，有時抬頭望天，你會發覺香港好靚，香港人香港文化，我唔想放棄，我愛香港。當初大家講嘅齊上齊落我仲記住，我好想同大家除罩煲底見。有時諗相入面嘅手足還好嗎？一班為香港而甘願犧牲一切的手足，即使被捕入獄，但無悔當初的決定的他們，我係由心底裡覺得佩服。與此同時覺得愧疚。我，好想堅持住，好想佢哋出到嚟會見到更好的香港。最後！好想多謝2019年嘅所有戰地記者，冇佢哋日夜不眠不休嘅實地拍攝，我哋無可能會知道咁多事！咁所以！！我要利用呢個空間，向蘋果同其他傳媒朋友致敬！ Respect ！

火呀！畀返團火我呀！

熱血May
牛奶妹
15/6/2021

#082

從2014始，香港堆埋了革命的種子。可當時香港仍有一大堆不願醒來面對現實的人，直至黑暗的那天到來……

那天，把很多仍對__府和__隊抱有最低希望的人推進深淵；那天，也是我和家人決裂的分水嶺；那天，必須要記下來，必須把歷史，把__權幹過的「好事」代代相傳

❖

#083

這幾年讀咗好多書，希望呢本《妖風》帶給得到的人一些啟發，「妖風」快快消失於世界，被困的人得到自由！

14 June 2021 ✤

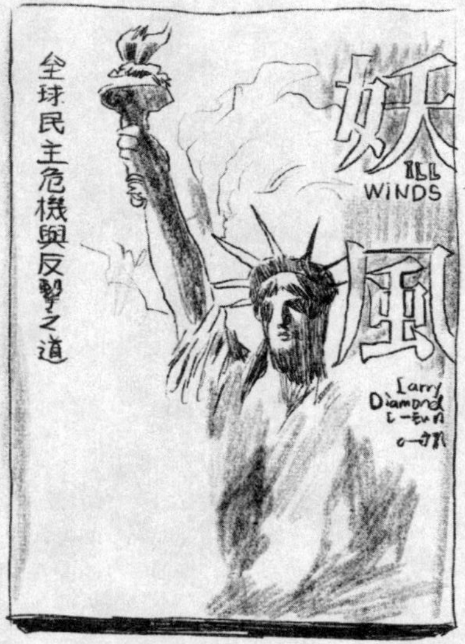

#084

這幾年，你我有得有失。失的是你我空白了的幾年；得的是大家互相支持的愛。如果我沒有了這幾年，我也得不到這一份「禮物」。人無論如何都要把歷史銘記於心，雖然這一份禮物並不是大家所想，但我希望你可以增值自己，無時無刻裝備自己，在某一日的街上再次見到你！ ❖

分類五

#085

To 手足：

2019年6月的最初，我一直堅持去參加所有的行動，要去前線，要做到實質性的幫助……幾個月之後，我發現其實所有嘢去試下，因為堅持先會見到希望，我開始加入自己區的文宣，幾乎每星期都有一兩次行動。然後，喺經歷中大、理大一役之後，我開始反思係咪前線真係做到想做嘅嘢？然後，因為武🫁，我為咗令全港罷工可以成事，於是就入咗工會，作為組織罷工的一份子，係醫護罷工行動不怎麼好好地完結後，我又再退回去參與下活動、文宣，但係唔會再上前線。及後我才醒覺到：當時經歷的一切，特別係Poly的幾日，原來對我好大傷害。

然後，我開始好積極去做文宣工作，就算而家可能要十分鐘快快手貼完，然後過幾分鐘就會有藍絲/🐶撕走，就算只有當時得幾個路人睇到，我都覺得起碼都影響到

幾個人。每次見到街上面有新貼嘅文宣、被油塗過/撕走的痕跡，我都總會覺得仍然有手足一齊同行咁。因為我哋小隊入面最近有人要上庭，所以暫時要停一排了。

我曾經有段時間無力感好重，見唔到前路咁。2年過去了，我慶幸自己仍然活著，也懇請你好好珍惜生命，唔好放棄，因為我哋永遠唔會知道下一秒會遇到咩。

呢張紙係我2020年月曆的其中一頁，正是我們現在於街上常會見到文宣被塗污的街景，好似呢個城市嘅傷痕，希望將來文宣可以再次貼滿街道，＿＿＿＿＿，＿＿＿＿＿，我信香港會有＿＿的一日。 ❖

#086

前兩天，看到蘋果日報執行總編輯林文宗引用電影《戰雲密報》的一句話：「出版，才是維護出版自由的最佳方法。」

出版並不是我的全職工作，可出版造書一直是我的passion。

這一兩年，上街、選舉、出版、創作甚至戴口罩的顏色、嘴裡說的字句，都不再自由了。

原來自由這麼容易說消失便消失。

如何在這扭曲的、無理的時代下找到仍可繼續前行的方法？我選擇了用出版的方式。

這本相集記錄了被消失卻消失不掉的香港人的聲音。
希望望我們能自由選擇各自的方式，繼續堅持。

#087

這幾年，令我改變了很多，由一隻港豬變成一個真香港人。我本身係一個冇目標嘅人，唔知第日做咩工，行咩路，可以話係一條鹹魚。經過今次反送__，睇到好多嘢，睇透咗好多嘅人，所謂嘅偽善、自私，亦都刷新咗我對荒謬嘅接受程度，發覺呢個世界入面荒謬係無極限，人蠢都係無極限。係呢幾年入面，令我最不理解嘅係，點解一啲明明係錯嘅嘢，明顯地錯嘅嘢，都會有人去爭論，而竟然會有人相信， what are ridiculous world.我本身唔太鍾意屋企，過咗反送__之後更唔鍾意，我屋企兩老都係藍絲，我阿爸直情係藍到發黑嗰隻，我一向都好怕佢哋。而呢張文宣係我第一張放喺我枱上面嘅文宣，我開頭都會好驚佢哋話我而唔敢放，不過好彩最後都冇咩。每次見到呢張文宣都會提醒自己要勇於發聲，勇於表達自己，勇於反抗，身為一個天秤座，見到不公義嘅事發生，唔可以沉默。

有一句說話我一直都好鍾意，「只要保持自己的光明，

螢火蟲也能照亮世界。」雖然每個人嘅力量都好細，但只要保持自己嘅光明、良心，總有一日能夠影響世界。即使自己力量微小，但一群人嘅力量可以好大。

每個國家都有好艱難嘅時期，追求民主自由唔係一朝一夕可以達成，歷史話畀我哋知，追求民主要花上數十年甚至數百年，而香港而家先係啱啱開始。記住呢樣嘢，咁會容易啲走下去。香港人，共勉之。

「會唔會我哋走緊嘅呢一段，係歷史中段。」

my little airport

新聞系學生上 ❖

#088

當連儂牆上的文宣逐漸消失

當大家開始害怕叫出口號

當穿著制服的劊子手越來越肆無忌憚

當在外、在內的紅線越來越窄

希望大家都繼續堅持

我們一起走過去

Be strong, we will overcome someday. ✤

#089

有天，在回家的路上，經過一間黃色食店，在門外看見這個木牌

排隊的人很多，觀看的人很少。

留下少少金錢，取走了這個物件。

一路上，我在想，各人的方式都不同。

意思是，大家也在用上不同方法去支持，支撐著大家。

我不是第一次換物了，今天換了兩次。這個換物活動，令我心靈上很解壓。

如果可以，我很想擁有所有同路人的信，昨天，今天的信，說真的。

文字的交流，相信不只是我

很多人都能感受到最真誠的對話。

不知道今次的主人

你為何來到

為何選這件物件

為何吸引到你

但願你和我這份物件上的句子一樣

不要放棄，不要氣餒

一齊撐下去

保持熱度

在同一空間，我們繼續用不同方法堅持下去 ✤

#090

原本平靜嘅生活起咗變化，無諗過要為未來打算嘅我，
原來都會擔心。

呢件物件讓我學識，點樣去美化一個人，一件事

學識唔好只睇表面，要深入了解來龍去脈，否則畀人呃
咗都唔知。 ❖

#091

Hello香港人，

雖然你我素未謀面，但祝福你一定要安好！

送你一個匙扣，係由設計師「阿慘」畫嘅18區連豬

地區：葵涌區，我哋永遠記住曾經有位光頭__長揸長槍指嚇市民

Save 12 ：記得2年前因為陳同佳案反送__，雖然12人中有2人仲喺中國，但起碼我相信，某程度上香港人製造咗壓力，令到中__肯放返部份人返港，所以我哋一定要繼續加油！

太多人排隊寫信，令到我寫得好快好核突

Love you ar！

We are Hongkonger！

We are one family ！

我討厭炎夏

我討厭擠逼

我討厭汗臭

我討厭大叫

……估不到，我竟然可以走到今天

走過多少步，流過多少汗和淚

數不盡

至少還有「您」

堅持

鬥長命

2021.6.14 ❖

#092

Hello仔仔/妹妹

我係Skywalker 你好唔好呀～ 我細個嘅時候好調皮㗎，成日激死 daddy mammi （笑）

哥哥想同你講你好聰明啊，咁乖過嚟呢個地方，讀緊我呢封信。我知道可能你唔係好明白而家香港發生呢件事，哥哥以前都係㗎，但係香港發生咗好多唔開心嘢，哥哥希望你可以記住，你係會見到啲圖片、文字會覺得好驚，好想喊，學校老師教你嘅嘢好唔同，唔知道信邊個好。但哥哥相信你咁聰明，但你長大之後會明白個真相。哥哥要走嘞，但我送一張咭畀你啦。

佢會保護你！！哥哥相信你㗎，你相唔相信哥哥？

～天行者！！！ ✤

#093

呢幾年，我由一個中五生成長到變成大學生，中間參與過大大小小嘅抗爭活動。老實講我亦都有對香港未來感到好有希望、熱誠，變到灰心、絕望。冇錯係絕望，雖然平時啲人甚至自己都會同人講「失望就好，唔好絕望」，但係真心見到香港而家逐漸發展成支__嘅城市，電話卡要實名制，所有惡安法而被起訴嘅人都畀啲紅官判重刑，而一啲本身告唔入嘅手足，上訴都搞到佢被告得成。呢啲根本就係司法極度不公義、獨立。每日見到啲手足畀🐼用啲極荒謬嘅理由告，仲要告得入，個感覺相信你都明白，而我真係覺得好辛苦，甚至好想走。不過冷靜落嚟，其實我都係好L愛香港，若果未來唔係真係去到一個救唔返嘅地步，我都唔會咁輕易走，希望你都係。講返件公仔先，其實佢又唔係真係陪咗我好耐，都只係上年喺旺角ge日常料理度買。但係佢對我嚟講都可以話係陪住我出街發夢嘅一種力量。因為我喺抗爭嘅路上本身係一個比較孤獨嘅女仔，喺呢兩年我只有19年嘅6月至10月期間稍微有啲仲未驚嘅同路人陪住

大家一齊出去。但係唔知點解，可能係某些惡法嘅出現，或者係見到太多手足被拉，不肯再出嚟，到最後就剩返我一個人獨自走喺街頭度，每一次出嚟我都有掙扎有想放棄，甚至怨點解我咁唔好彩其他手足都有佢哋嘅親友陪伴抗爭，但係我就永遠只有自己一個，但係對最後我都係會出嚟。因為每次說服我出嚟嘅原因係，已經好多手足被捕，而我呢啲從未做過火魔法師種種前線嘅嘢都未做過嘅人，點可以唔出嚟，甚至係放棄呢？所以我就覺得抗爭嘅路不嬲就唔係玩，孤獨都正常，而呢啲活動已經係做一個少一個，唔應該放棄。But，可能你同我想法唔同，但係呢個一個作為孤獨嘅我嘅想法，到而家時都唔會變，將來都唔會。睇到呢度，希望唔好嫌或者我寫得1999，願有天煲底下見。

God bless us. ❖

#094

這幾年，我由當初認為反修例風波會很快平息，到後來的一連串不幸事件發生，才知道香港會變得咁黑暗。其實，在2019前，我只是一隻港豬，但這幾年看到許多義士手足入獄/流亡，才知道自己的平安不是必然。我做不到甚麼，只能堅持信念，相信極權終有一日會被打倒的歷史定論。

這幾年，這件物品是我第一件購買的「夠薑媒體」yellow card。即使街上已無連儂文宣，我也能從card中看到一絲希望，我們終能迎來民主自由的時代。

對今天的我來說，這張卡令我不想離開香港。我要留在此地，無論是否壞時代，我都要見證到最後。

加油。❖

#095

從2019.6.9開始經歷咗幾次上街遊行，之後再返到屋企睇通宵的直播，無數個晚上……從一開始就知道身處喺香港的歷史中，沒有經驗，也盡量去做自己能力所及嘅嘢。每次睇返19年的集會/街上活動，商場唱歌的重播，真係發現原來身邊係有好多好多香港人係同自己一樣，好鍾意呢個香港！每次睇返d片都會想喊……每次睇都覺得好震撼，而呢種震撼係由每個熱愛香港的人所創造出嚟。

到今日依然見到好多人會喺香港，同全球企出嚟，發聲！

你個利是封，係21年今年去市集同屋企人同小朋友一路行，見到買的。

每次小朋友，當時4、5歲問我，「咩事丫？！D人做咩喺地鐵裡面咁嘅？」（831太子站畫面）

我都唔知點答……課本上的警察同現實係兩個極端。加上屋企也不是全黃，為免爭吵都好少會講。

而我小朋友可能受其他小朋友無知/其他家長閑言閒語，他有一日話d暴徒又出嚟嘈啦！我即刻同佢講，呢啲人係叫示威者！而到佢而家稍年紀大少少再問時，先再解釋點解會有示威者出嚟，唔係無端端會有200萬人有嘢做走上條街度！

我可以做的就係收集所有真相，畫面，舊通識書，等小朋友會識全部中文，等佢自己再睇返。

他認得利是封上的獅子山，同香港維多利亞港景色。我時時刻刻都提他係一個香港人。我送他利是封後，有一日我返屋企，佢自己跟住封面畫咗一樣的圖畫，上面寫咗「香港」2字，跑過嚟畀我睇。突然覺得一定要搵個畫框裱起。呢幅畫而家放喺我哋客廳。亦都希望幅畫會一直喺度，無論以後去到邊度。 ❖

#096

這幾年，我想生活是過得時而迷失，時而憤怒，但更多的是無力感和歉疚，認為自己過去可以做得更多。但現在的想法慢慢積極起來，想起身陷牢獄的手足，更自覺現在活著的每分每秒都是借來的，珍惜就是對他們的最大及最低限度的致敬

呢個係來一個朋友的結婚囍帖，它象徵的是人與人之間的珍重和祝福，尤其係人數所限的時候受邀請更顯珍貴。今日係616，曾經有二百萬零一人走上街頭，係依生人經歷過最大的一次連結，畢生難忘。

我希望轉送呢件物品畀其他人，等佢都感受到背後為摯友送上嘅祝福。同時祝願呢座城市將會發生更多婚禮，更多人與人之間的締結，因為我始終相信有人先有希望。 ❖

#097

2019年經常說的一句說話：「好人一世平安」，但這說話從來沒有兑現，看見一個又一個的好人身處險地，入獄、離開、死亡、受傷（心靈/肉體）。根本在高牆下，做好人——是注定不平安。雖然我們也明白這說話不會實現，但也得要堅持做好人，即使是一點點也要堅持，因為一點點加起來力量變大，而且做好人才對得住自己，付出過的人，正在付出人及你自己，而且生命影響生命，你所做的一切也會影響身邊的人啊！讓這護身符（御守）也守護著你，祝平安！ ❖

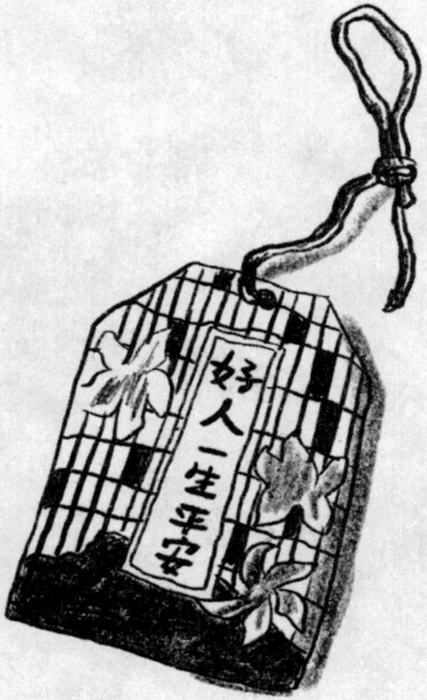

#098

從2019年6月反修例運動開始至今這兩年多，傳媒工作者一直肩負著報道真相及記錄不同的活動的責任，沒有這群勇敢正直的傳媒工作者，香港人甚至國際社會也許未能認清香港這兩年所發生的一切轉變和荒謬！

這兩年的生活中，收集和閱讀傳媒工作者的文字記錄和相片已經成為我的習慣。希望可以支持所有傳媒工作者之餘，希望可以透過收集這些文字記錄及相片，向下一代講述這兩年所發生過的事。歷史和真相，能夠好好保存下來。希望能夠帶給自己一點回憶之餘，也能夠傳承下去。

這本小說由譚蕙芸小姐編寫，記錄2019年平安夜及2020年元旦夜所發生的事，以第一身的經歷及當晚遇到的人和事，和大家分享一個不一樣的香港。希望有緣收到此書的同路人能夠支持傳媒工作者及與其他人分享此書！ 香港人 14/6/2021 ❖

#099

哈囉：

「抬頭尚有天空 敲不碎

埋頭上有智慧 思想他人難偷取

軟弱無力全是 堅忍的證據

靈魂內有信仰 搶不去

想保無邪之軀

還是 必須 好好過下去」

《最後的信仰》林二汶作品

當你無力感來襲時，可以聽一下呢首歌，會有被治愈

感覺，慢慢重獲力量。

「避唔到，一齊捱」

一齊堅持落去，直到黎明光輝的到來

一名熱愛香港的人 ❖

#100

Hello手足：

讀多啲書、飲多啲水，做更好的人。

喺呢個時勢入面，每一日都好難，仲一日比一日難。兩年前嘅畫面太深刻，令到我哋見到嘅香港都唔同晒。但係唔好放棄呀，要記住當日我哋團結，齊上齊落嘅精神。呢條路啱啱先開始，仲有排行，等我哋一齊行落去，終會煲底相見。

眼下似乎冇咩可以做，但係其實仲有㗎。好似上面講咁，讀多啲書做思想準備，飲多啲水照顧好自己，社會未來棟樑就係我哋啦。有時間可以去旁聽支持其他手足，記住要做運動做yoga準備好自己，儲定啲錢做資本，咁先可以迎接未來未知嘅挑戰。

近排發現咗個ig叫cantonese.script.reform，提倡粵字

改革，廣東話值得有自己嘅文字！

P.S. 頭一句係我個frd寫的

P.P.S. 可以寫下信畀手足呀

P.P.P.S. 照顧好自己，今宵多珍重

祝

————

———— ❖

#101

致同路人

這張卡一直放在銀包內，時常來看記住大家和勇不分，後面有願榮光歸香港的歌詞，每次在看歌詞唱這歌時，也帶著憤怒情感，由612開始__權沒有回應市民還不斷打壓，但歌詞中無論如何，也會昂首拒沉默，繼續發聲head up前進！！！

#102

6月8號嘅夜晚，我同佢傾咗個改變咗一切嘅電話，決定第二日要出街爭取我哋想要嘅事，呢個決定我知道係返唔到轉頭，我當初的確寧願做隻港豬，可能係我細膽，係我怕事，但佢嘅決定改變咗我對佢嘅睇法。我自以為自己懂事、成熟，但喺恐懼面前，佢比我更勇敢。

自此之後，慢慢地佢同我之間嘅分別愈嚟愈大，我深知大家都係做緊正確嘅事，但我太多顧慮，佢就想做就做。呢段日子，我哋只有無限個意見分歧。前線巴，後勤絲係我哋嘅相反，見到佢嘅勇敢，我只顯得無能。一個無能嘅人希望保護一個不顧一切向前衝嘅人，確實可笑。當日，或許係我最有機會同佢一齊向前行嘅一日，但我又怕事，將其佢交畀我朋友照顧，自己則喺茫茫人海推進下，消失喺嗰個街頭。每日都因時事同自卑中生活，不敢想像有日失去佢嘅日子，就算日日嘈交，我都冇諗過放手等大家舒服啲。幸好，現在我哋還安好。

我哋少有地共同意見一致就係撐黃店，有日佢見到有部卡機上有張好似Yes卡嘅物體，佢扭咗張，send畀我睇。或者，我唔會喺向前衝嘅人，但我都可以畀自己做到嘅係一位收藏家。

Yell card算係支撐住我哋關係嘅卡，同時都記錄咗唔少呢2年嘅事，希望第日，我可以一一咁同下一代說明卡中意思。

雖然，Yell card已經唔會再出。但我哋香港人嘅故事仲未完結。希望到我儲齊所有卡嘅時候，亦係香港重光之日。到時希望你可以喺嗰一個地方派發我呢一套卡，希望可以同你相認返，大家要堅持到黎明到來之日。＿＿＿＿，＿＿＿＿。❖

#103

自問算得上是一個善忘的人，有很多事情，一旦過了一段時間，記憶開始變得模糊，情感的熱度亦漸漸下降，降至一個我不能接受自己的位置。

縱使當時親身經歷，現在的我竟然對當時的情景印象模糊。縱使香港仍在腐爛之中，我竟然對此地的是泰然自若，毫無感情。縱使依然很多人在砥礪而行，現在的我竟瑟縮在家中。

兩年來，一直都在恐懼、內疚、憤怒、抑鬱的空氣中生活。我發現，縱然其時大無畏的面對_權，我現時已被當的情緒所支配著。我逃避去回想當時的畫面，我逃避接收社交媒體中一個接著一個的「香港」要聞。我竟變成了這樣的人。留下一張理工大學學生會所派發的明信片，它依然能提醒大家一段往事，一段港共政府不願承認的往事，一段一些人仍歷歷在目的往事。我相信/希望自己能走出陰霾，此postcard願予以有心人。 ✤

#104

呢兩年生活成點？我都唔知 我只係知612之後改變咗我嘅人生好多 睇緊呢封信嘅有緣人 您好 或者素未謀面或者有緣份在街上相見 都想同你分享我嘅故事

曾經嘅我係一個好想做老師嘅人 除咗本身對人好有熱誠同興趣 並對陪伴每個靈魂走過每一段路 係佢哋嘅成長帶來影響 曾經嘅我係咁諗 唔知你有冇睇過《返校》入面嘅老師即使要面對死亡 亦以保護學生為優先 「不顧一切保護學生」係一句令我堅持考好DSE嘅動力 令人想做到一個英文老師 無理你外面環境有幾衰 班同學有幾曳 我哋作為老師並會以佢哋為優先 保護學生 曾經嘅我 係咁諗 為咗做老師堅持

但 ＿＿ 法七月on9咁嚟 我知我根本冇可能再做一個我想做我心目中嘅老師 我唔會再可以公開教佢哋咩係真相 咩係公意 你見而家嗰個XX紅線 你可能會明我點諗所以我走咗去醫X科 但問心我唔係最想做Medic 心入面

都係好想教書

如果香港重光後，我會想做一個教學生善良正直嘅老師

唔知睇緊信嘅你呢兩年過成點，但願你依然冇放棄當年嘅堅持同理想，民主之路漫長，但尚有來臨嘅一日。時間也許不站在我們這邊，六四32年尚未平反，極__永遠站在時間一邊，但問題是我們會否堅持站在善良的一方。願你堅強！

那年春夏秋冬，我們風雨同路。祝平安

致自由

PS sorry我手字比較畢加索
希望你睇得明 ❖

#105

每日大嗌3次香港人加油
沒有退讓嘅餘地
沒有恐懼嘅空間

fight for freedom
fight the demon ❖

#106

兩年過去，香港人一齊經歷嘅每一日　原來已經造成一道道嘅傷痕

喺呢段運動沉寂咗嘅日子 呢啲傷痕結痂 但我相信對每一個香港人而言 我哋都深知並不會痊愈 因為我哋都係有血有肉有良知的 回望呢一段日子 的確很痛 但同時亦都好慶幸有一班同路人一齊走過呢段黑暗嘅日子

現時嘅我哋再唔可以做到以前嘅示威遊行　但都係暫時的 呢段日子真係好乏力 好似做咩都無用咁 但其實唔係咁的

我哋仍然要把握住現在僅有嘅自由去發聲表態　去做真正愛呢個地方嘅香港人

雖然呢個香港已經變得不再一樣　但她在我哋心裡係不會變的 她仍然會係我最愛嘅地方 相信等到一個合適嘅

時機 佢就會變返我哋所熟悉嘅香港 甚至係變得更好 所以我哋唔可以放棄！

當香港人都放棄香港　就再沒有人會為佢著緊！香港人一齊去裝備自己 靜候最好嘅時機 香港人加油 香港人反抗 香港人報仇！

我今日帶嚟嘅係一位本地插畫家@venusphilosophy　喺19年末出版嘅小誌

記得當時面對社運嘅低潮期　好多人都係心理上有好大壓力 覺得看不見希望 話想結束自己嘅生命 所以呢位插畫家就製作咗一系列嘅畫作　希望能夠做一啲情緒支援去幫助一啲被情緒支配的同路人 同為香港人 面對呢個處境相信大家都好無力徬徨　但希望呢本小誌能夠發揮佢少少嘅作用 幫助你繼續支持落去

我哋呢兩年已經失去太多！
香港人，一個也不能少！
好愛香港的香港人P ❖

#107

由自由之夏走到今日＿＿法下的香港，雖然白色＿＿之下街頭遊行抗爭畫面長時間難以復見，但希望大家不要忘記當初為何走出來。幫襯黃店、聯署、寫信給在囚手足……　只要大家保持初心，保持對香港熱愛之心，大家在不同崗位上，總能夠用自己方法令自己心中的一團火不會熄滅。希望這些卡片和明信片，令你記得過去兩年你以及香港走過的路。

永不放棄！

香港加油！　❖

#108

凡事總有終結之時
邪惡暴政以為自己可長久
終化為烏有
自大狂妄人類以為自己不能倒
上帝都賜人盼望
希望之光永遠不會熄滅
人民雖然微小，但人在做，神在看
神的時間未到
但我們仍可為自己和身邊的人
點燃一點的光
愛己愛人，在黑暗中保持信念，
是神給我們的權利 ❖

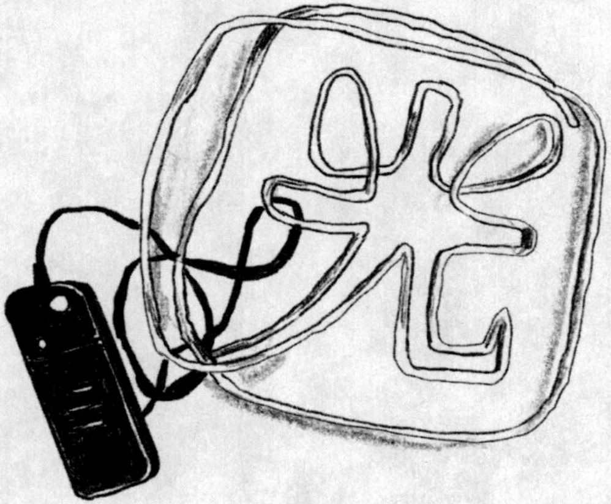

#109

Barter for Spark

呢兩年有失落過、有開心過，但係途中都有好多人扶持住大家行落去。以前可能剩係諗吃喝玩樂同讀書，但係而家有更多同路人更加關心社會上發生嘅嘢真係好meaningful，搵到人生嘅意義，仲識到一班朋友。雖然有啲會移民，但係都理解得到嘅，而家淨係希望佢哋喺亂世中平安。同埋越嚟越發覺要保護同埋建立我哋自己嘅文化+廣東話。之後都要Gayau！

呢件物件呢係一個澳洲朋友畀我㗎！不過呢佢20年已經返咗去啦！仲有我呢幾年因為運動識到好多外國朋友，佢哋好nice好care HK！

呢件物件我由19年一直擺喺wallet到！堅持啊大家！ ✤

#110

轉眼間，已經兩年了。由兩年前一個甚少了解時事的「港豬」變成每天都會留意新聞的「香港人」。從前從來都唔會對香港有特別的歸屬感，但在兩年前的今天改變了一切想法。你有這樣的共鳴嗎？

曾經有覺得自己在每方面都好細膽，無為大家可以出一分力同這樣的勇氣。所以就希望可以依賴社交平台去分享更多資訊給大家（ig），亦都因為這樣認識到一班同路人，從而知道更多黑暗面同社會實況。

在「黃色經濟圈」開始後，好佩服各店家的勇氣，願意在我們面前更走前一步，雖然要面對好多批鬥和針對，但他們都用不同方式去繼續支持這場運動。所以我都會優先選擇去懲罰，亦都開設了ig希望大家認識更多不為人知而又為我們努力的黃店。

這件物件是在我光顧黃店後取得的，每次收到這些有意

義的物件和揮春，都會再次提醒我這場運動還未完，我們要記住初衷，所以從來都好珍惜每一樣文宣。

看完這次展覽，唔知你會唔會同我一樣覺得兩年前的畫面歷歷在目。

每天都很擔憂地睇新聞，希望文宣都同樣能帶起你的初衷和鼓勵。可能現在的我們未能夠做到些或甚麼，或者會變得無力，但希望你會想起這班同路人而去堅持，因為好多人依然係為「香港」而努力。

香港真的很美。

HOMEKONG，最後想跟你說聲，
「香港人加油」

（抱歉越寫越醜，都唔知在寫甚麼了）
13.6.2021 ❖

#111

兩年啦，經歷過嘅一切都仍然歷歷在目，__權試圖抹走的，卻依然深深印喺我哋嘅記憶入面，一直以嚟我都帶住呢個鎖匙扣出街，為嘅係想時刻提醒自己嘅初衷係咩，當初行出嚟嘅怒氣同鬥志，而家呢刻嘅香港好似咩都做唔到，個個都話要移民，咁兩年以來為香港而犧牲自由同青春嘅手足點算？以香港為根的心呢？我仍然相信喺紅線下，仍然有好多事值得我哋去做，飲多啲水，強身健體，用知識裝備自己，寫信畀在囚手足，做送車師、旁聽師、支持宣揚本土文化，喺可以做嘅事情上發掘更多可能性！

黎明前係好L黑暗，但請你堅信，終有一日我哋會一齊迎來勝利的一天。

未來見 :) ✥

#112

呢八個字真香港人一定識，永遠都唔會忘記，香港人齊上齊落，加油！ ❖

#113

Hello！手足！你好lucky呀，攞我嘅物件作交換～希望你會好好謹記我嘅物件所承載住嘅意義。2021年6月13日，我在此，是612的第2年翌日，亦是香港反抗極__、保衛我城、全民政治覺醒的第2年。這兩年的變化好大，政治敏感，紅線捉摸不到，不斷被清算。我喺呢兩年都無忘記初心，每逢六月就會多咗抗爭展覽，我都希望藉此加深自己對香港在2019年所發生的事蹟的記憶，堅持食黃店，多關注被捕手足，支持本土文化及藝術。我哋係親身經歷反送__的人，感受同記憶都會最深刻，我哋有責任將這些歷史延續下去，讓追求民主精神的香港人繼續反抗暴__。這個紙鶴是2019年6月16日我在維園出發大遊行嘅時候攞，打算步行到金鐘PP廣場附近放下悼念梁凌杰烈士。由12點出發到晚上大概7點先到金鐘，由於PP廣場附近太太太多人，我就將個紙鶴放喺書包。而呢個紙鶴陪我走過很多場集會及遊行，亦食過唔少催淚彈，淋過雨，所以變得有d皺皺地，但我由6.16開始就帶住走遍香港各地㗎～　唔好嫌

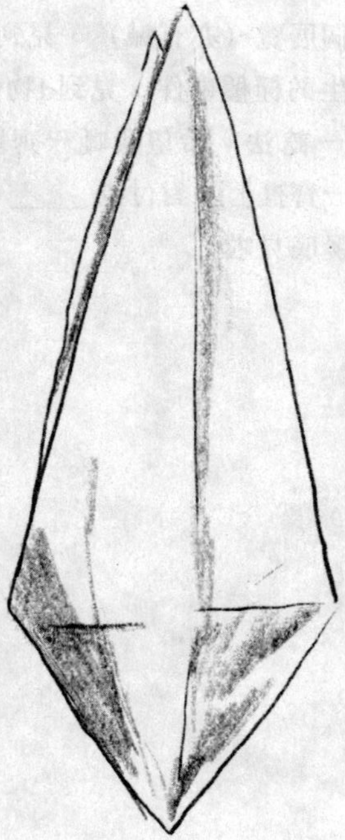

秉佢～

我好開心睇到呢個展覽（亦有喊），見到timeline更加深切覺得當年發生的種種事件，見到d物件亦有唔少物件主人同我有同一諗法。希望我哋一齊堅持，毋忘初衷，「避唔到，一齊捱」。對付港＿＿權之鬥爭是記憶與遺忘，我哋煲底見啦

2021.06.13
港女上 ❖

#114

作為香港人，好想努力地守護自己的家
縱使呢2年有幾多挫敗，失望，氣餒，不忿，不甘……
始終愛這個地方！

雖然不知道最終革命誰人取勝，
但我懇請你留低一起作見證。

我相信我哋大家，有著同一信念，是因為有相同火花。
我哋都係一樣「好撚鍾意香港」

祝願大家安好。
好人一生平安。
Stay safe. Pray for you
手足加油

同路人 13/6/2021 ❖

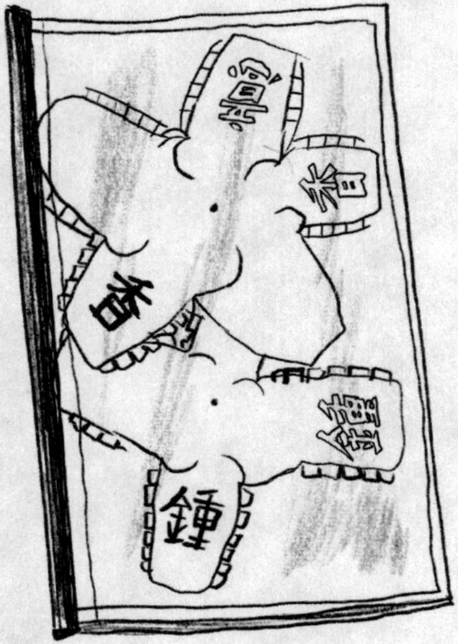

#115

呢兩年比2019年更心酸，眼見更多有識之士、年輕人入獄（冤獄）太多、太多不公不義嘅裁決，心痛見到送車師送囚車呼喊著「撐住，手足加油」單單幾句，每每令人流淚。

今天帶來2019年6月16日梁烈士在金鐘墮樓身亡派發的白絲帶，提醒我們「擁有良知，勿忘初心」❖

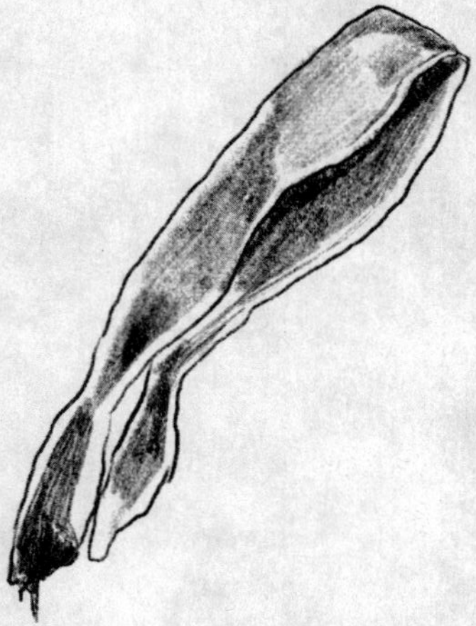

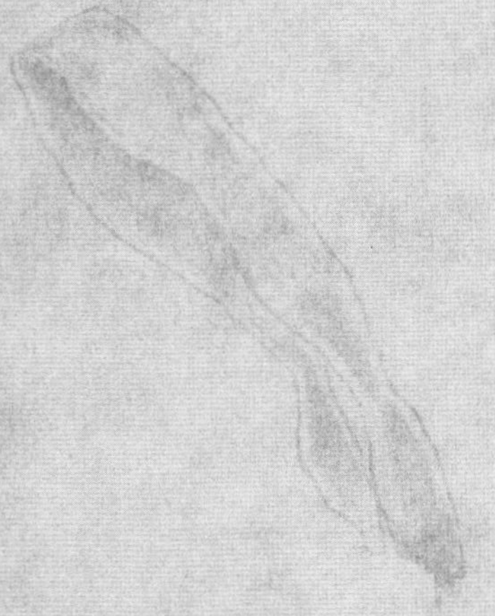

#116

兩年來，從不理政治，到希望幫忙爭取自由，對我來講，係一個頗重大的改變，由「五大訴求」也不知是甚麼，到現在，聽到「榮光」卻會不禁流下眼淚，今次的社運，更是教我成長的一步。這條白絲帶，是我第一次參加集會得到的，自從那次集會，我更了解到這個社運的意義，也會去特別留意香港的現況，這絲帶可說是我政治醒覺的象徵物。走過了兩年，這並不容易呀！在荒謬的社會中掙扎生存，手足，我覺得你是位很堅強的人！這條絲帶，希望能令記著你的初心，大家堅持下去，一定能到重光的那一天，它教著我XXX，不向惡勢力低頭，也希望可以為你加油！ ✤

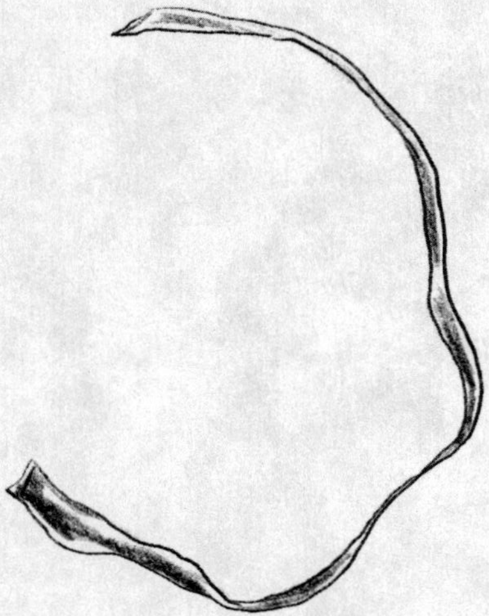

#117

真香港人：

你好，加油。
是他，捨生成仁，曉以大義。
是他，揭露醜惡，__權無道。
是他，讓我明白大義滅親。
是他，給予後繼的一個個沒名沒姓一個印象。
就讓我們活著的去記著，緊記著，直至不是數算週年，
而是一年又一年的紀念光復。

保重！
一港人字
06/2021 ❖

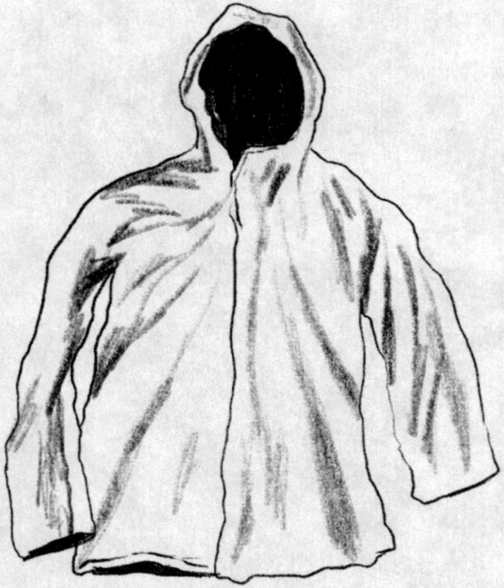

#118

如果花和蠟燭也不用於這地……

那麼……就燃起每人心中的光……

一起構成花海……

照到黑暗的各處各角！

我們不碎

2019年6月15日，你走了！從此「200萬+1」住在我們的心裡！可惜嘅係有好多手足隨你而行……　之後我們積下太多太多嘅傷和痛！我知道你們也不願大家停留！往前走吧！往後無論哪裡、何時、誰人，只要心中有彼此，我們就從未離開過對方！愛能戰勝的最後！今天華和蠟燭彷成禁品，那麼我們就把心中的燃起！即使微不足道的光，也會有亮起的一天！加油真香港人！就算失望，不要絕望！唯有愛能戰勝恐懼！希望永遠不滅

2021.6.15

你走了後的第二年你還安好嗎！

念 ❖

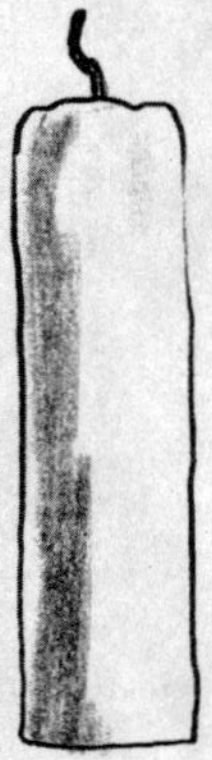

#119

2年前的6月是中學大考的日子，我和身邊的同學也準備好每天放學後去自修室溫書溫到天黑。我是對政治有熱誠的人，一直希望能令香港改變，走向民主之路。然而，我當時不相信香港人有動力和有意願抗爭，嘗試改變現狀。然而，政府打算強行修訂逃犯條例，激起輿論反彈，加上民主派鋪天蓋地宣傳6.9遊行，令我覺得03年50萬人遊行的「盛況」能夠重演，於是決定放棄溫習，上街親身經歷這歷史性的時刻。乘坐巴士前往銅鑼灣時，我看見車上越來越多穿著白色衫的人；在銅鑼灣下車時，我看見了白衣人海，那是我的公民意識覺醒的一刻。走到遊行盡頭，我和朋友聽見前方在立法會的示威者正在衝擊警察防線，那是我第一次思考自己能否以付上刑責為代價爭取公義和公民權利。那夜我選擇了退縮。回家後我一直看著電視直播發呆，心想自己為何不在現場與那些同樣年輕的人並肩作戰。數日後，我再走上了街頭，開始了我的不能言說的抗爭路。

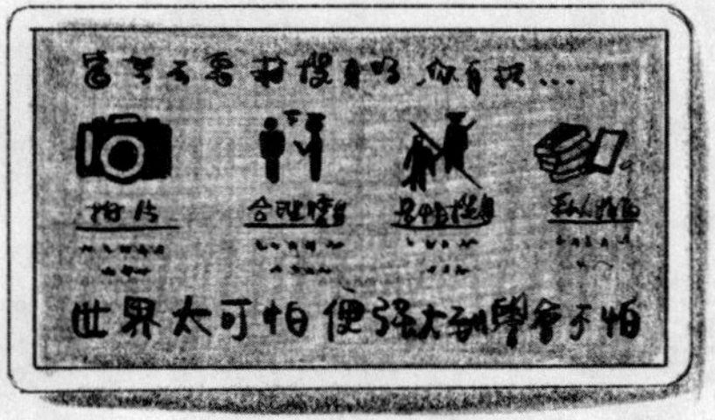

在示威現場，我收到了許多有心人給我的卡片，提醒我被捕後的權利，找律師的途徑等。直到有一天，我真的被捕了，我忘記了律師電話，但記得卡片上的一句：世界太可怕，便強大到學會不怕。

2年後，我升讀大學，過上不一樣的人生。希望你看見這張卡片，能與我一起回憶起一切。 ❖

#120

這幾年，我過得如何？慢慢開始接受__權原來可以黑暗到咁嘅地步，原來可以完全泯滅人性。對於__ __/有權力的人徹底失望。但對人性的光輝有更深感受。原來香港人可以為手足、為同路人去到呢個地步，犧牲時間心力做支援，甚至犧牲前途，為嘅就係一份手足情、公義。原來愛同公義嘅力量可以有咁大。所以，雖這幾年一直在失望、憤怒中，但往往可從他人身上支取一點光明，支撐住我繼續前行。

這幾年，這件物品對我有甚麼意義

對今天的我來說，這物品帶給我甚麼感受？膽小的我一直不敢走上前線，那只好做做簡單文宣，希望能用自己的方法為運動出一分力。A4白紙印上文宣，這是最低成本的做法；希望用那筆金錢印到最多的文宣，讓更多人知道社區中仍然有人在。自從2019年起，我隨身帶備一疊這樣的文宣外出，在任何有空隙之地張貼。

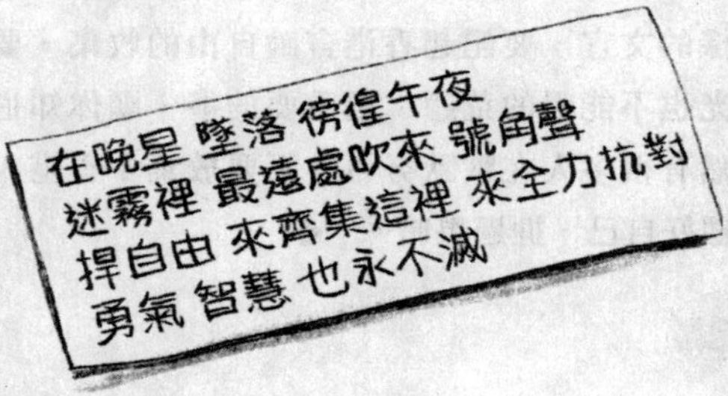
在晚星 墜落 徬徨午夜
迷霧裡 最遠處吹來 號角聲
捍自由 來齊集這裡 來全力抗對
勇氣 智慧 也永不滅

起初印製的文宣圖文並茂，有更多不同資訊，e.g.催淚彈的禍害、政府的無理、受傷的人數之多之廣。到後來，＿＿法殺到，少了人做文宣，網上更難找到update的文宣圖，那只好粗製一點，只印有榮光歌詞的文宣。起初都怕只印歌詞太mild，但到後來連願榮光歸香港都成禁歌，歌詞竟然在社區變得敏感。但願在今天，約你有緣在路上、巴士站，甚至廁所門上看到這樣的文宣，要記起香港言論自由的收集，要記起連榮光也不能唱的荒謬；跟重要的事，願你知道社區中依然有很多人在默默努力。不要放棄！香港人加油！照顧好自己，捱過黑暗。✤

#121

Some people moved on, but we don't.

多謝你揀咗呢件物件，相信你同我一樣，呢2年過得一啲都唔好。

聽住10mins的歷史錄音，過往一幕幕嘅畫面其實無放低過，而現況係香港愈嚟愈差，亦都好黑暗，但仍然有人堅持住，摸黑向前行中。

呢件物件係我一個提醒：
「我的歲月靜好，只因有人代我負重前行。」

__暴、__捕、算帳，一直未停過，
因為我哋真係輸咗，但唔代表將來唔會贏返！

而我羈留嘅時間只不過係在囚手足好少少嘅時間。 ❖

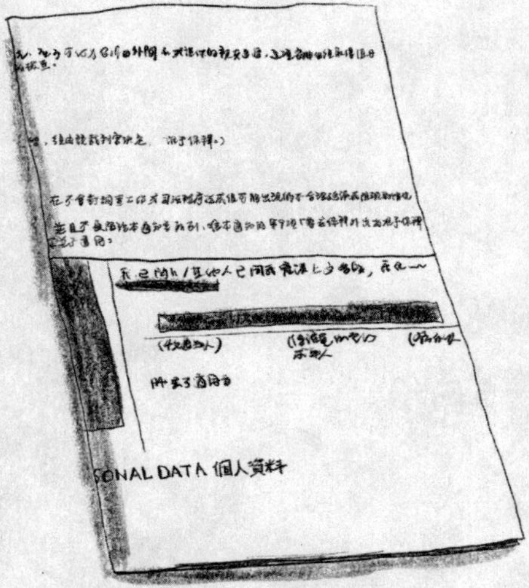

#122

今日嚟之前隨手拎咗呢張文宣貼紙。19年5月，我參加咗連登仔自發嘅反送__傳單街站。612前後我都有派傳單呼籲行動。到7月開始連儂牆運動，我就每星期抽幾晚幫手貼文宣。直到2020年5月，我嗰區嘅連儂牆發生藍絲斬人案，為安全起見，我哋都冇再定時定點咁去連儂牆貼文宣。之後我接觸到一group文宣手足可以提供資源，就開始喺佢哋度拎貼紙。貼紙嘅好處就係可以隨身攜帶，一撕即貼，唔使袋住支噴膠。舊年十一月尾嗰陣，我喺屋企附近袋住支Marker pen，畀🐶咬咗，之後keep住報到咗半年，最近退返保釋金。當然，被咬後尤其頭一個月，都feel到佢哋有跟我，所以都完全冇行動。而家過咗半年有多，覺得風險相對冇咁大，咪喺其他區random咁貼下。係呀，我阿媽都有講話：「個個都收晒皮啦，仲搞嚟做咩啊？」但作為一個文宣人，其實留意到港__喺2020年後大力打壓連儂牆，點解呢？因為文宣可以話畀藍絲港豬知咩先係真相，可以畀同路人知道大家仍在。咁可以解釋到點解

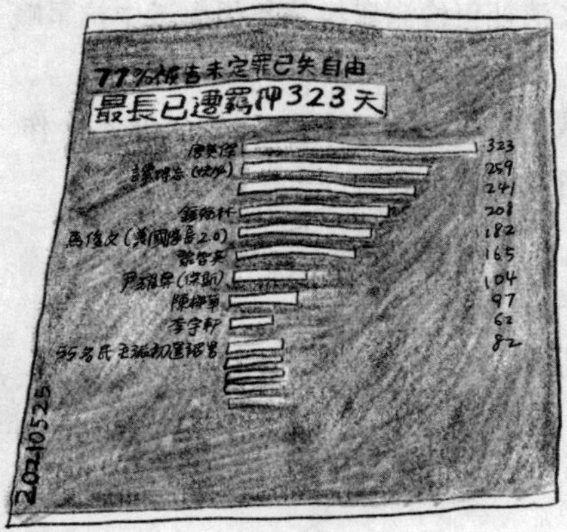

要__黑合作，揾藍絲去連儂牆斬人，要Mon實貼文宣同噴字嘅熱點，揾人日日用灰油去cover。如果佢覺得文宣冇影響力嘅，咁又點會咁緊張呢？所以周圍開花貼咪可以消耗佢更多資源去追擊文宣。同樣道理，用綠卡搭__鐵，慳返啲錢捐去612 ，唔打針要檢測都唔怕麻煩，去消耗佢檢測資源，都係生活中抗爭嘅一種。

總之，我哋要諗多啲方法，同個__權不合作，靜待時機，黎明一定會來到。

手足加油，共勉之。

13/6/2021 ❖

#123

手足，你好，

呢兩年你喊過幾多，傷心過幾多，嬲過幾多，痛苦過幾多……

好多不同嘅感受，你啲感受或許我未必完全了解你

有時傷心、難過未必能夠用言語或文字一個字一句表達到

但我相信這2年來，沒有一個「香港人」過得快樂……

以前我從來都唔介懷自己身份係「香港人」定「中國香港人」，反正我食得、瞓得、玩得，每日笑著過就可以。

我諗即係而家嘅「港豬」哈哈

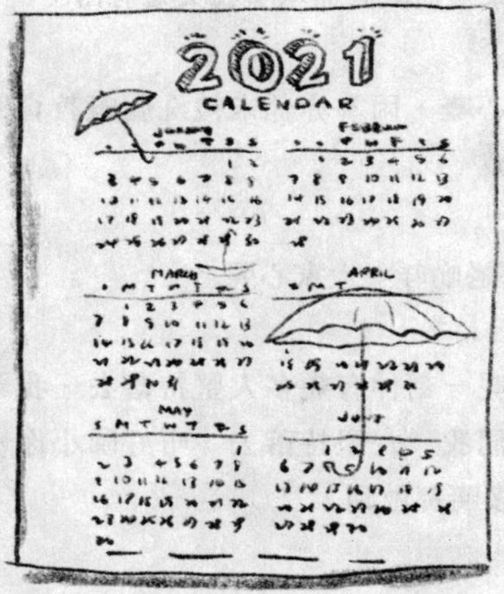

做廣珠又真係幾好，有咩好憂心，有工返、有旅行去、有錢洗就得，政治？關我_事咩

讀書嗰陣讀通識，有興趣，淨係覺得煩，下下都要寫長文，但原來通識對而家嘅我又幾有用。

我感到開心嘅，因為亦係未被洗腦嘅教育制度下學過正確嘅通識

呢2年經歷過啲咩，大家心照

我唔知道呢一刻仲有幾多人堅持落去，我希望睇緊你封信嘅你同我一齊堅持落去，唔好睇小你一個人嘅力量，你好多嘢都做到！！

支持黃色經濟圈、旁聽、寫信、關注海外流亡手足你做咗未？

我哋一齊努力，希望有日我哋可以喺重光街頭再遇上。

「月曆」我希望你過咗呢個2021亦繼續留低佢，繼續畀啲仔仔囡囡睇2019-2020原來香港人經歷過咁多

我希望你個月曆佢除咗畀你睇吓日期，仲喚醒你612、615、616、618、831、721等等日子。

應承我唔准扔
唔好睇手機月曆！多啲放佢喺身邊啦

謝謝你
字很醜 勿介意！

＿＿＿＿，＿＿＿＿

愛你呀手足哈哈

香港人
16-6-2021 ❖

#124

致一直還在堅持的手足，

呢兩年過的一切，遠多於我廿年來嘅人生，可以話係成長，但應該話「迫於成長」更為貼切。二零一九年，徬徨、迷惘、憤怒、好撚難過……真係百感交集，而且係極致。你問我過得點？其實好差，因為政見失去親人（近乎所有）（cls全部死__絲），畀屋企人趕走，自己搵地方住……雖然失去好多，但我得到咗好多素未謀面嘅手足嘅warmth，coz我2019 year 4，有家長屋，有黃店老闆請我食飯（sean cafe ！！）（please support），有出去抗爭嘅朋友先會留低喺生命入面，有出生入死嘅朋友，睇清咗好多人。如果畀我揀多次，我定必會喺呢個時代出現——見證人性光輝嘅時代。

Memo紙，最和平去表達自己聲音嘅渠道，後來我哋唔止遊行，街頭上更加會出現噴漆寫成嘅字眼，（我有份㗎！）係代表住我哋真係好嬲！！而極__沒有聆聽我哋嘅聲音。Memo紙—— limited space，每個人將最想留低嘅字就好似天燈咁寫上去。

Memo紙，一件文具店就買到嘅物品，提醒住香港人要堅持係一啲都唔難，例如我有keep住派嬲（@sayno4t-vb）、支持黃店only、和你寫、旁聽、出到就出去（嚟緊應該唔少）、保持憤怒、寫返低2019嘅日記（當時點會諗過有「明天」）。記得飲水、讀書、做運動、好好為香港人加油。

13 Jun 2021

手足宇 ❖

分類六

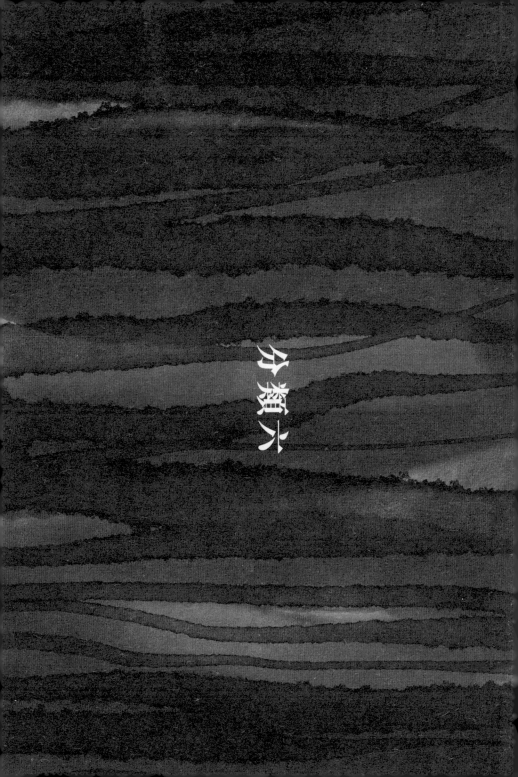

#125

你好嗎？
在現今的香港，能夠過得「好」已經是相當珍貴。
或許香港的情況很壞，但我們仍要保持初心，身體健康！

好好地活下去！

在運動的期間，口罩是常見之物，只要走上街頭，總有人善心地遞給你，但作為「和理非」的我總是婉拒，直覺告訴我，我並不需要戴上口罩抗爭，或許我心中把「暴力」與口罩劃上等號。諷刺的是，現在香港每個人都要戴上口罩，不過我對口罩的定性並沒有改變，而我很樂意戴上這口罩「活下去」，這是一種進步吧！又或是另一種抗爭的方式，我希望能盡早戴上這個口罩，繼續為香港付出更多。

利申：比卡超是我的喜愛

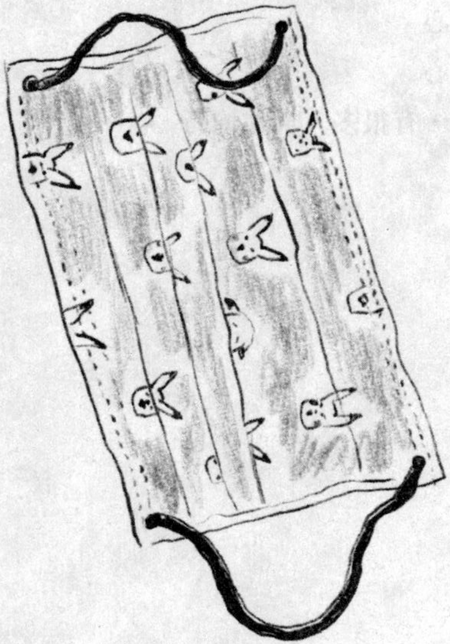

好耐無寫字

祝 身心健康
保持頭腦清醒
開心時開心
傷心時傷心
不要死撐，有很多人與你同行 ✤

#126

致同路人：

呢兩年你哋好嗎？仍然有堅持嗎。食黃店，同學po是基本，有能力做到幾多，未能一一做到，寫信師，旁聽師，多謝仍然有你哋，初心不變。

F.D.N.O.L -> 希望大家仲記得喺心到，黃廠老闆多謝你口罩下大家個心仍然係愛呢個香港，希望同路人一直支持落去。每日帶口罩望一望，再想一想，走咗2年，請繼續走落去。

大家加油 ✤

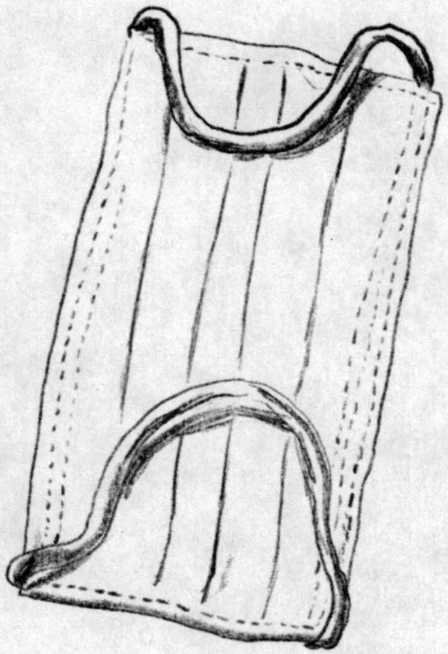

#127

兩年前，大家隨意戴上黑色口罩，就一起上街抵抗暴__。而那個黑色口罩，還是一些低規格而且沒有防疫功能的口罩。萬料不到，今天我們「罩不離身」，一切彷彿是很大的諷刺，香港人曾經齊上齊落，大家也一定相信，我們拾得起口罩，也終究有一天，能除罩相見。香港人加油！ ❖

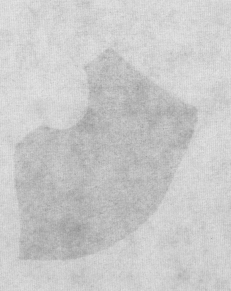

#128

Hello，唔知你過成點呢，過去年半全世界都因為疫情戴口罩，口罩成為咗呢年半以嚟對香港人最重要嘅嘢，但早喺19年6月，口罩都已經成為每次遊行必備嘅，＿＿更加因為呢樣嘢要推行禁蒙面法，因為口罩黑衣，係香港人醒覺嘅象徵，令到香港＿＿懼怕要打壓，所以對於我嚟講，口罩比豬嘴更有意義，因為呢樣野不斷提醒緊我點樣由69遊行前嘅心態走到而家。我好清楚記得69之前我連逃犯條例講咩都未知，只係抱住人去我去嘅心態，去完之後先發現原來香港人係可以咁勁！當日行完其實都係諗住唔會再有下一次，但返到去睇直播見到黃婆婆自己一個人仲喺現場揮旗，呢一幕令我諗如果一個婆婆都咁落力，我哋年輕人有咩資格話攰？亦都係呢一刻開始了解香港發生緊咩事，而每一次出去都會令我更加鍾意香港，由黑衣口罩到頭盔豬嘴，一路經歷，每一次其實內心都好驚，但望到身邊嘅人都會令我有繼續留守嘅力量，即使每位都係見唔到樣，但都互相相信，相信有咩事發生都會好似大家承諾

咁：有咩就拉住你一齊走，要捉住身邊嗰個，其實睇落係好傻，但係嗰種溫暖，盲目嘅信任我呢一世都唔會忘記，我最記得係當初戴住口罩但粒催淚彈喺我面前爆開，想向後退但後面全部都係人，一直都唞唔到氣又咩都睇唔到，只能夠慢慢貼前面嘅人行，嗰種感覺好恐怖，意識都開始模糊，差少少就會暈低，嗰次係我認為其中一次最接近生死嘅一刻，自此之後豬嘴成為新嘅象徵，所以口罩呢樣嘢對我嚟講有特別嘅意義，亦都提醒緊我香港人係由黑衣口罩一路走過來，係初心嘅象徵，亦提醒我當初點樣無條件相信身邊素未謀面嘅人。而如今香港人將要面對漫長嘅寒冬，有人會暫時離開，但我相信總有一日我哋會重見光明，見到街上被塗去嘅文宣，反而愈能清楚提醒我哋，我相信一定會有煲底除罩嘅一日！香港人，要以各自嘅努力生活，加油！再會！ ✤

#129

兩年 “How have you been?” This seems to be a very simple question to answer but it’s not one, for HongKongers. There were ups and downs. At first, I felt touched by how HongKongers united together to protest against the extradition law and the ____ that never listens. Then after a relay of protests and strikers, I started to become ashamed. Ashamed of being a 和理非 and leaning before dawn on protest days. One of the scenes that still makes me feel sick just by recalling it, was when people were giving applause to the 武勇 when there were troubles ahead. Well, am I doing good? I don’t know. However, I’m definitely living in a different way when compared to 2 years ago. Which store to buy from, which restaurant to go to and what mask to wear. Everyday, these are the questions I have to ask myself. And also, how to get to a destination is something else I take time to consider and do research on as well.

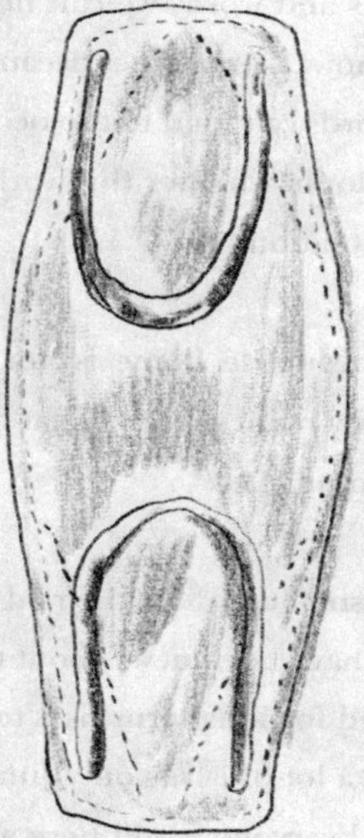

Yesterday, 12 June 2021, there were protests all over the world, remembering what all happened exactly 2 years ago, singing our Hong Kong ____ anthem out loud, yelling out slogans and words we can no longer bring up on the streets now. I sometimes dream that one day, I can yell those words out loud to the ocean in another country but also doubt whether this world do any help in changing the situation.

Enjoying freedom outside home is not equivalent to "freedom", in my point of view. That being said, it is still a land of freedom.

To be honest, I assumed 60% of the real HongKongers have left as there have been news about the number of HKers who applied for long-term visas to stay overseas. Thankfully, I met a lot of 同路s on 4 June in Causeway Bay just recently. Everyone is still here and we have to persevere.

Yes, it is true we cannot gather and protest in public or even privately at the moment. But this doesn't indicate everything is over. Go to a yellow store, don't get coffee from Starbucks, stop buying from red/blue supermarkets like Yata. These are choices you could make, which will let another 同路人know we are all still here.

Be a "high key" Hongkongers. Wear a yellow mask. Not to draw unnecessary attention but to let the others know you have not forgotten what we fought for 2 years ago and during the last 2 years. ❖

#130

香港人加油！ ❖

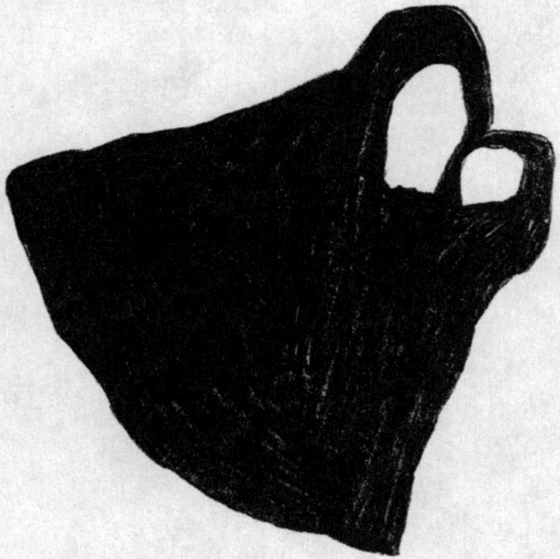

分類七

#131

呢兩段字，係我2019年成日諗起嘅兩段歌詞。第一段唔知大家有冇見過被染上藍水嘅香港人，嗰陣係我可能第一次感到最無助同無奈嘅時候。第二段，雖然孤身一人，但係每個individual凝聚一齊，就係united.

When I was on the edge of the cliff, it was the only thing that came to my mind. I was hoping for that final push of unity.

我相信係呢一下，黎明就會照耀香港。
我喺後面寫咗一篇文章
講緊一支鉛筆同擦膠
亦都係我其中一點心聲，

"History will always make it".

呢兩年我過得好苦，有好多嘢已經唔可以返去從前，不過如果你問我，有冇後悔，I'll just say "I'll do it all over again".

我哋曾經為逃犯修訂條例，有二百萬人出嚟遊行，上年7月1日，正苦設定 __ __ 法就冇乜人出嚟，由2020至2021，你問有幾多人心已死？大勢而去，唯有落嚟，只有希望，for that final push of unity, it really could be the hope we all need.

團結就是力量。

A pencil and an eraser
We wrote the history with a pencil,
it was nothing confidential,
carried every word,
with our fists tight,

we were so determined to fight,
they attached our lips with our bled,
rubbed our words off with an eraser,

the texture on the missing gap between the surface and
the concave,
will never go away,
everyone can feel it,
they will use it,
the words will still be there,
the world will remember our history.
It is engraved and carved,
in every surface,
it's heavy in our noggins. ❖

#132

首先我沒有帶任何東西來交換，就留低這封信一段文字，也是尋找了一段共鳴。

海綿口罩
我係喺一次集會中得到的：
時值2019年7月28日，當日就在皇后像廣場，口罩對於一個「和理非」來說其實已經是一個很大程度的跨越，當時有位年輕人派了一個海綿口罩給我，我還跟他說「呢個廣場之內，有需要嗎？合法喎！」最後我都接過了。

隨後我就給這種海綿口罩起了一個名「暴徒口罩」，對！就是之後的集會，我都有隨身帶著。

就如原物主所寫：「原來2020年的武🫁先了解到這種海綿不帶有防菌的功用」我看到這裡是會心微笑，是種共鳴。2020年初，口罩短缺，我從朋友那裡買了一包防菌紙，於是買不到醫療口罩的我，就用這個暴徒口罩渡過了一段短時候。

我的口罩故事至此，你的又如何？

#133

你好，香港人。唔經唔覺已經係運動兩週年。唔少香港人經歷運動武後對現在香港失望，身為香港人嘅我好明白。身邊一個個朋友都離開香港，對此，我非常明白亦體諒佢哋嘅決定。亦想喺度對佢哋講聲多謝。我同好多香港人一樣，走，沒勇氣，所以我仍然相信香港會改變，革新。對於兩年前嘅我，好似為香港做得好少事，甚至微不足道。對於今次展覽，我一路聽住以前遊行嘅聲音，回想當日嘅畫面，淚水和感覺全部回歸。喺呢兩年，我希望自己一直進步，我有去睇唔同嘅書，增加自己對唔同方面的想法，睇事情可以從多角度出發。That’s why我帶嚟一本書，呢本書我睇咗兩次，想畀大家知道哲學嘅想法對自己帶嚟有咩新衝擊，多方面思考過去現在將來事情。希望香港人唔好忘記兩年前運動的目的，反思過去，不要放棄。

#134

香港人，特別香港年輕人在這兩年間，用汗、血和生命為香港寫下了光輝悲壯的一頁，名留千古！

生而為人所為何事？！香港人坐言起行，不默而生！！高風亮節，雨打不低頭，風吹不彎腰，說易行難，但香港人都一一做到了，再不是奉「人不為己天誅地滅」為圭臬的民族了！！！這是香港人的驕傲。

人生旅途上未必天空常藍，花開常漫，做了應做的事，他朝驀然回首，是必今生無悔，人生若此夫復何求？！！！

香港市民

13-06-2021 ❖

#135

親愛的同路人，

呢2年好嗎？好慶幸可以用少少字句同你聯繫，希望你過得安好。曾經，我以為我只係一個只懂吃喝玩樂嘅港女，由2019年6月9號，心裡對__權嘅不公不義產生咗莫名其妙嘅憤怒，於是同好多香港人一樣，每星期走到街頭發聲，天真地希望當時嘅聲音能被聽見。自此慢慢成為咗「後勤絲」，同2年後嘅今日更成為咗「政治犯伴侶」，旁聽、送車、探監、寫信成為了日常，雖然如此，但未敢放棄，只希望能與牆內愛人好好堅守心中那份價值，而每日支撐住我哋2個嘅係彼此嘅書信，請唔好看輕你嘅一字一句，喺現今__權下可做嘅並唔多，但至少，你與牆內手足嘅一點交流，對佢哋來講，係極為重要。坦白講，佢哋好怕被人們遺忘，你哋嘅書信會成為手足嘅支持！希望手足喺牆內嘅少少感受，能成為你每日堅持下去嘅力量。你唔係孤單一個，手足們一直在路上與你扶持著！一齊堅守信念，為大家撐住，靜待光明嘅來臨。

寧鳴而死，不默而生。

＿＿＿＿，＿＿＿＿。

同路人

咸子女友上

16.6.2021 ❖

#136

給香港人的信

話咁快已經2年，一切都好似過得好快，自己亦不知不覺堅持2年。

呢2年我過得算充實，每日支持表態的黃店，出post，甚至做義工做不同的事，默默地支持一些需要的店舖

有時去見到或者傾談返，都令我覺得更加要支持，有時原來自己小小的力量或者能夠幫助一點點

感謝天爸賜我良知及勇敢，甚至自己覺得微不足道的小事，原來接受的人會有所感受

見到今日的物品，仍然記得過去發生過的香港事，甚至歷史進行中的事，這些物品，如搓手液、口罩、雨傘、紙巾及山下黃舍的咭，仍然放在家中及袋，已經成為缺一不可的物品及信念

見到噴漆仍然記得牆上的文字，每日提醒著我堅持不放棄

未來或許不明朗，但我仍然相信黎明會出現的，一切只靜待時機及堅守的心

每日堅持才不會辜負一齊支撐或過去付出的人，我一定會繼續加油！

我很榮幸地話畀人知，香港人好正 proud to be Homgkongers ！ ✤

那麼，香港人……

文｜無名
畫｜小畫家
責任編輯｜樗
執行編輯｜囍
文字校對｜羅子維
封面設計及內文排版｜小畫家

出　版｜二〇四六出版/ 一八四一出版有限公司
發　行｜遠足文化事業股份有限公司（讀書共和國出版集團）
社　長｜沈旭暉
地　址｜103臺北市大同區民生西路404號3樓
郵撥帳號｜19504465 遠足文化事業股份有限公司
電子信箱｜enquiry@the2046.com
Facebook｜2046.press
Instagram｜@2046.press
法律顧問｜華洋法律事務所 蘇文生律師
印　製｜博客斯彩藝有限公司
出版日期｜2025年2月初版二刷
定價｜480元
ISBN｜978-626-99238-1-6

特別聲明
有關本書中的言論內容，不代表本公司/出版集團的立場及意見，由作者自行承擔文責

那麼，香港人……

文・無名　圖・小畫家